KB176768

공공공공

주　　　수　　　자
희　　　곡　　　집

공공공공

초판 1쇄 인쇄 · 2024년 2월 8일
초판 1쇄 발행 · 2024년 2월 20일

지은이 · 주수자
펴낸이 · 한봉숙
펴낸곳 · 푸른사상사

주간 · 맹문재 | 편집 · 지순이 | 교정 · 김수란, 노현정 | 마케팅 · 한정규
등록 · 1999년 7월 8일 제2-2876호
주소 · 경기도 파주시 회동길 337-16(서패동)
대표전화 · 031) 955-9111(2) | 팩시밀리 · 031) 955-9114
이메일 · prun21c@hanmail.net
홈페이지 · http://www.prun21c.com

ISBN 979-11-308-2137-5   03810
값 18,000원

공공공공

주　수　자
희　곡　집

푸른사상
PRUNSASANG

To

Benjamin

누구나 어디론가 떠나고 싶어 한다. 여기가 아닌 저기, 이곳이 아닌 저 멀리로 가고 싶어 하는 것은 어쩌면 인간의 내재적 갈망인지도 모르겠다. 미지의 곳으로부터 왔기에 다시 돌아갈 낯선 곳을 찾아 헤매는 무의식적 행로일 수도 있겠고. 아무튼 바닷가에 살면서 관찰해보건대 인간에겐 이상한 심리 패턴이 있는 것 같다. 바다를 만나려고 멀고 먼 길을 여행하여 마침내 도착하지만 잠시 머무를 뿐, 곧 다른 영지를 찾아 떠나기 일쑤다. 물론 물놀이를 하거나 모래 쌓기를 하거나 낚시로 물고기를 잡아보곤 해도 머무르는 이는 드물다. 여정엔 끝이 없다지만 원하던 대지의 끝인데도. 이후론 죽음과도 닮은 만경창파만이 겹겹이 출렁이고 있는데도.

어찌 보면 나도 마찬가지다. 소설을 쓰다가 시집에 관심을 두다가 마스크를 쓰고 젊은이들과 연극을 하더니 희곡집에까지 이르렀다. 나도 매번 나를 이해할 수 없었다. 허나 장르가 어디 따로 존재하겠는가. 어느 시대에 누가 장르라는 벽을 글쓰기에다 세워놓았을까. 원래 글쓰기만이 있을 뿐인데.

그럼에도 장르를 뛰어넘어보는 과정에서 흥미로운 경험을 하게 되었는데, 이른바 소설은 묘사와 대화 중 단연코 묘사가 압도하지만 연극에서는 말만으로 어떤 세상을 리얼리티 있게 만들어내는 점이 놀라웠다. 그런 측면에서 언어를 뿌리에 두고 있는 바는 동일하지만 연극이 영화보다 훨씬 문학에 가깝다. 아니 근대소설이 출현하기 전에 희곡이 문학의 본류였다는 것과 셰익스피어가 왜 희곡 작가였는지도 덤으로 이해하게 되었다.

이 책에 실린 희곡들은 대학로에서 여러 번 무대에 올려진 작품들이다. 「빗소리 몽환도」는 내 단편소설을 각색한 작품으로 현실과 환상에는 경계가 없다는, 빗소리 음향이 중심에 있는 일인극이나 다름없다. 「공공공공」은 비록 감옥에 있더라도 자유로울 수 있다고 주인공이 외치고 있지만 관객의 참여가 필수적인 연극이다. 또한 「복제인간 1001」은 예술과 과학 간의 오래된 갈등과 충돌을 당대에도 실현 가능한 사건을 통해 보여주고 있으며, 「방랑밴드 : 사랑의 적에게 총을 쏘다」는 SF 뮤지컬로 유토피아란 없고 지금 여기서 찾을 수밖에 없다는 구식 테마를 가지고 있다.

책 한 권을 만드는 행위는 절에 불탑 하나를 세우는 일과 맞먹는다는 옛말을 들은 적이 있다. 이 탑을 세우는 과정에는 많은 이들의 도움이 있었다. 무엇보다도 도서출판 푸른사상사의 너그러운 손길에 깊은 감사를 드린다. 한편 작품 해설을 써주신 김광림 감독의 글은 태양빛에 버금간다. 그리고 불균형한 나의 희곡들을 정성을 다해 연극 무대에 올렸던 '드림시어터'의 전기광 감독에게도 뒤늦은 감사를 전한다.

하루도 거르지 않고 뜨거운 태양을 끄집어내는 바다에 이 책을 맡긴다. 모래알처럼 쏟아낸 나의 말들을 접고 그 앞에 가만히 엎드린다.

2024 봄, 水山에서
주수자

공공공공

주　　수　　자
희　　곡　　집

차례

빗소리 몽환도

등장인물

공상호 : 도서관 청소부

공상호 어머니

여자 : 소설 속 인물

남자 : 밤무대 가수

아기(뱃속의 태아)

셰익스피어의 줄리엣

배경 음악

빗소리. 연극 전반에 걸쳐 빗속에 들어간 듯한 느낌을 가지게 한다.

무대 소품

소품들이 환상적인 느낌을 주기 위해서 실제보다 크거나 작다.

관객 참여

입장할 때 소품을 나누어준다.

쓰레기 1 : 음식(빵, 피자), 플라스틱 병, 휴지 등

쓰레기 2 : 책, 신문, 광고지, 소품인 혀, 국기 등

관객들이 입장하면서 각자 선택한 쓰레기를 무대에다 버리고 좌석에 앉는다.

제1막

1장

장소 : 시청 앞 길거리

시간 : 늦은 밤

무대 왼쪽에 대문짝만 한 책이 병풍처럼 서 있고, 책 표지에는 '로미오와 줄리엣' 이라고 적혀 있다.

겨드랑이에 빗자루를 끼고 작업복을 입은 공상호가 등장한다.

공상호   오늘 따라 웬 쓰레기들이 이렇게 많은 거지? 으흠, 쓰레기를 살펴보면 그날을 알 수 있지.

문득 공상호는 자신의 윗포켓에서 문고판을 꺼낸다.

공상호   (책을 만지작거리며) 이건 참 이상한 물건이야. 네모나고, 아니 직사각형이고 딱딱해. 근데 책이란 열면 살아나고 닫으면 관이 돼. 신기하단 말야! 외계인이 이걸 보면 뭐라고 생각할까? 까만 벌레가 잔뜩 그려져 있다고 할 거야. (책을 열어보며) 시간이 붙어 있는 듯하고, 침묵하는 듯도 하고, 이 속에 몰입되면 현실과 구별할 수 없거든.

공상호는 무대 오른쪽으로 걸어가면서 책을 읽는다.
그러자 무대 왼쪽에 펼쳐져 있는 커다란 책이 열린다. (영상 처리)

줄리엣 (책 속의 대사 2막 1장에서)
오 로미오, 로미오, 그대는 왜 로미오인기요
아버지를 부정하고 그대 이름을 거부하세요
그렇게 못 한다면 애인이란 맹세만 하세요
전 더 이상 캐퓰릿이 아니렵니다
나의 적은 오로지 당신의 이름뿐이에요
이름이란 무엇인가요
장미라고 부르는 꽃은 다른 이름으로 불러도 달콤한 향기는 같을 거예요
오, 로미오. 로미오라 불리지 않더라도
그 호칭이 없더라도
당신이 소유한 완벽함은 여전할 거예요
로미오, 그 이름을 벗어버리세요
그 이름 대신에 저를 다 가지세요

공상호 (책을 들여다보며) 우와, 대가는 확실히 달라! 어찌 이리도 인간을

잘 알았을까? 셰익스피어는 부처였네. 아니 연극의 예수 급수이지.

영상으로 또 한 장 넘어간다.

줄리엣 (책 속의 대사 5막 3장에서)
이 숨결의 문, 입술을 봉인하리
죽음의 신이여 영원한 키스를 해다오
오라, 쓰디쓴 지휘자여, 오라, 무서운 안내자여
그대 절망적인 뱃사공아
바다에 지치고 병든 작은 이 배를 암석에다 부딪치게 하라
여기 나, 사랑을 위해 기꺼이 마시리

공상호 (독백) 근데 로미오와 줄리엣은 정말 죽을 만큼 사랑했을까? 너무 충동적이잖아! 만난 것도 하루 만이고, 사랑에 빠진 것도 한순간이고, 일상과는 조금 거리가 있어…….

줄리엣 오, 로미오, 로미오! 이게 뭔가요?
나의 진실한 사랑 로미오, 독약을 마시고 불시에 가버리다니……
(독약을 두 손으로 집고) 오, 무정하셔라! 모두 마셔버렸네
뒤따라갈 수 있도록 한 방울도 남겨두지 않으시고
아, 나, 당신 입술에 입을 맞추렵니다. 혹시 독약이 남아 있다면 사랑의 묘약처럼 날 죽여 당신 곁으로 보내주겠지요.

공상호가 책을 읽음에 따라 커다란 책의 책장이 스르르 넘겨진다.
「로미오와 줄리엣」에서의 마지막 장면에서 스톱모션이 된다.
공상호는 고개를 들어 문득 왼쪽 무대 쪽을 바라본다. 책 앞에 로미오가
죽은 채로 바닥에 쓰러져 있고, 줄리엣이 자결하려는 순간이다.

공상호 어 어 어, 잠깐만! 잠깐만요!

깜짝 놀란 줄리엣은 동작을 멈추고 공상호 쪽을 쳐다본다.
(두 인물 사이에 무대에서 거리를 두어야 함)

공상호 사랑 때문에 죽으면 어떡해요? 당신은 지금 여러모로 부담주고
있어요!

줄리엣 (당혹스런 표정으로) 부담이라뇨?

공상호 그, 그건 말이죠. 한 남자 때문에 목숨을 버리는 건 뭔가
좀……? 게다가 죽는다고 문제가 해결되는 것도 아니고요!

줄리엣 아니, 어째서죠?

공상호 네, 그건, 으흠, (괴로운 듯) 아, 그건. 으흠, 으흠, (볼멘소리로) 그런
행위가 해마다 늘어가고 있어요. 사회에 전염병처럼 퍼지고 있
거든요. 조금은 책임의 문제가?

줄리엣 오해를 하시는군요. 난 사랑 때문에 죽으려는 게 아니에요.

공상호 (놀란 듯이) 어? 그래요?

줄리엣 네, 그래요! 근데 당신은 누구시죠?

공상호 (당황하며) 아, 으, 저 보잘것없는 도서관 청소부입니다. 또 셰익
스피어의 열렬한 독자이고요.

줄리엣 독자?

공상호 아, 네. 그나저나 정말 죄송합니다. 무례했습니다. 하지만 솔직히 말하자면 당신 같은 아름다운 여자가 그런 방식으로 죽는 걸 도저히 볼 수 없었습니다. 게다가 독자란 그저 방관자로만 있는 게 아니거든요. 책이 우리를 바꾸듯이 독자도 책을 바꿀 수 있다고 생각하는 사람입니다. 적어도 해석 정도는 달리 할 수 있다는 거죠. 따라서⋯⋯

줄리엣은 그의 장광설에 관심이 없다는 듯이 눈을 내리깔며 등을 돌린다.

공상호 제발 죽지 마세요!

줄리엣 오히려 사는 게 고통이지요.

공상호 그건 저도 마찬가지예요!

줄리엣은 죽은 로미오를 껴안으며 다시 단검을 잡는다.

줄리엣 아, 당신 얼굴은 아직 따뜻한데⋯⋯. 그래, 사람들이 온다? 그렇다면 짧게 끝내야지.

공상호 (단검을 집어든 줄리엣을 손으로 제지하며) 어, 어, 줄리엣 양, 제발!

줄리엣 (로미오에게 볼을 비비며) 오, 너는 운이 좋은 단검이로구나!

공상호 제 말 좀 들어보세요. 조금만 참으면, 조금만 기다리면, 반드시 시간의 신이 해결해줄 겁니다. 연애하다 실연한 친구들의 말을 들어보면 모두 입을 모아 말해요. 처음엔 죽을 것만 같지만 시간이 흘러가면 괜찮아진다고요. 그러니 제발 좀 기다려요! 제발!

줄리엣 (고요한 어조로) 당신은 한 개인의 좌절을 말하는 거겠죠. 로미오와 저는 달라요!

공상호 다르다니요? 뭐가 다르다는 겁니까?

줄리엣 우린 상징으로 남아야 하는 운명이에요. 희생양이죠! 우리가 죽어야만 두 가문의 오래된 원수의 저주가 풀릴 수 있어요. 다른 도리가 없습니다. 저희 죽음은 철없는 사랑 때문이 아니랍니다. 그건 오해이고 왜곡이에요. 어찌해서 우리가 현대인들에게 낭만적 사랑의 상징으로 남게 되었는지 모르겠어요. 아, 그래요. 세상이란 상징으로 이루어져 있죠. 모든 인간은 그 상징을 살아가는 거고요.

공상호 네엣? 상징이라고요?

공상호 놀라며 혼잣말로 되풀이한다.

줄리엣 자아, 지금부터는 여기가 네 칼집이다! 거기서 녹슬고, 나를 죽게 해다오!

줄리엣이 로미오 위로 푹 쓰러지자 커다란 책이 닫히고, 줄리엣을 비추던 조명이 순간 꺼짐. 그때 사이렌 소리가 날카롭게 울린다. 도시를 위협하는 듯한 째진 비명 소리를 지르면서 병원 구급차가 지나간다. 누군가가 다쳐서 데리려 가는 앰뷸런스일 수가 있다. 공상호는 구급차를 따라간다.

공상호 삶과 죽음과 사랑, 모두가 상징이라고? 너라는 상징……? 나라
는 상징……? 이 모든 게…… 상징이라고?

공상호는 당황하며 뒤로 물러선다. 작은 책을 두 손으로 꽉 잡고 있다.

— 암전 —

2장

시청 앞 길거리.
공상호는 문고판 책을 포켓에 집어넣고 빗자루로 청소를 시작한다.
배경 영상으로 광화문에서 시청까지의 풍경이 지나간다.

어머니   (고함 지르며) 상호야, 이놈아! 나까지도 쓸어버릴 테냐!

공상호   아니, 어머니. 여긴 어쩐 일이세요?

어머니   몇 번 방문했는데 집에 없더라, 그래 내 직접 예 왔지.

공상호   급한 일이라도 있으세요?

어머니   그려. 그게 말야. 내가 요즘 맘이 무척 편치 않아.

공상호   거기 그렇게 오래 계셨는데도요?

어머니   근데, 애야. 내 말 좀 들어봐라.

공상호   아으, 빨리 일해야 되는데…….

어머니   그 길거리 청소가 뭐 그리 중요하냐? 더구나 네 일도 아니잖어?
너 도서관 청소부 아녀?

공상호   그렇죠.

어머니   그런디 뭣 때문에 그리 애쓰는 거여? 네 일도 아닌 일에.

공상호   이게 제 현실 참여예요!

어머니   현실 참여?

공상호   네, 사람들은 무심히 여기겠지만요. 누군가가 쓰레기를 치우지
않으면 이 도시가 무너져요.

어머니	다른 청소부들도 있잖어? 너까지 이래야 되냐?
공상호	저만의 몫이 있어서 그래요.
어머니	아이쿠, 한심한 놈! 그게 뭐여?
공상호	눈에 안 보이는 쓰레기들은 제가 치워야 된다고요. 사람들은 모르지만, 눈에 잘 안 보이는 쓰레기가 얼마나 많이 있다고요.
어머니	에구, 이놈아! 그게 무슨 요상한 말이냐! 사람들 눈에 안 보이는 쓰레기라면 그냥 놔두면 되잖어!
공상호	모든 건, 보는 자의 몫이에요! 책임이고요! 세상은 그렇게 굴러가게 되어 있죠.
어머니	그렇게 굴러먹든 말든 난 몰러.
공상호	전 이 일이 괜찮은데요? 질서를 되돌리는 작업이죠. 책 읽을 시간도 있구요.
어머니	에잇, 그놈의 책! 그게 밥 먹여주냐?
공상호	어머니, 사람은 빵으로만 사는 게 아니잖아요! 어머닌 어머니 삶이 있고, 아니 어머니 영역이 있을 테고, 전 제 삶이 있으니 이젠 제발 제 삶에 참견 마세요.
어머니	그려, 그려. 대학꺼지 졸업하고 그러고 있으니 어미 맘이 좋을 거여? 그것도 남들 코빼기도 못 내미는 일류대학 법대생이었잖어?
공상호	전 타인을 심판하는 일은 싫어요!
어머니	그건 그렇다 치고, 널 거길 보내기 위해, 나가 시장바닥에서 콩나물이나 팔며 고생고생하며 널 키웠는데, 시방 니 모습을 보면 내 가슴이 미어터지시겠다! 도대체 뭣 때문이여? 왜 이렇게 사

는 거여? 말 좀 해봐라!

공상호 전 책에서 인생을 찾았어요! 앞으로도 그럴 거고요!

어머니 (쓰레기들을 걷어차며) 어휴, 어휴, 답답한 놈 같으니라구! 지금 시방 길거리에 지나가는 사람들에게 물어봐. 사람 산다는 게 별거냐? 특별난 게 아녀. 암! 아니고말구. 사람이란 평범하게 사는 게 좋은 거다. 너두 이제 사람 구실을 하면서 살아야 되지 않어? 번듯한 직장도 있어야 되고, 이뿐 가정도 가져야 되고. 물론 돈도 벌어야 하구. 요것이 사람의 도리가 아니냐? 아니냐구!

공상호 어머니 말이 틀렸어요. 각자마다 도리는 다른 거죠.

어머니 내가 생전에 한 일 중에 최고의 것은 너를 키운 거지.

공상호 그건 독백일지언정 자랑은 될 수 없어요. 세상에 올 때 우린, 누구를 위해서 온 게 아니에요!

번개가 번쩍인다. 우르르 쾅쾅 천둥이 친다.

어머니 에구구구, 갑자기 이게 웬일이지?

공상호 네, 비가 오려나 보네요.

어머니 비? 난 젖는 건 딱 질색이다. 서둘러야겠구나. 그러니까 애야, 내 말 좀 들어봐. 혹시 너, 나를 용화사 그 절 말고 다른 데로 옮겨줄 순 없겠냐?

공상호 왜요? 모두들 그 절이 최고라고 하던데요?

어머니 그려, 처음엔 무척 좋았지. 그런데 지금은 왜 불만이냐고? 자아, 잘 들어봐. 무슨 말이냐 하면, 사람은 안 바뀐다 이 말이야! 살아 있을 때 바뀌지 않으면 죽어서도 바뀌지 않더라, 이거야!

공상호 무슨 말씀인지 이해가 안 되네요.

어머니 화근은 이거야. 최근 거기에 온 할망구가 있는디, 아니 이 노파가 웬일인지 나만 보면 씹어먹을 듯 시비를 걸지 않겠니?

공상호 시비라니요?

어머니 글쎄 말이다. 어처구니가 없구나! 그 할망구는 평생 불교 신자였는데 신세가 딱하기도 한 노파야. 때론 측은하게 여기고는 있는데, 이상하게 날 싫어해. 난 평화롭게 지내고 싶은데 말이야. 지난주 내내 그 할망구가 날보고 저 여자는 기독교 신자였는데 왜 여기에 와 있느냐고 날을 세우지 않겠니? 내내 나만 가지고 야단이야! 무척 당황했단다. 마치 내가 무슨 스파이라도 되는 것처럼 말이야! 요즘은 괴로워 죽겠어!

공상호 정말요?

어머니 그럼 정말이고말고. 아니 어떤 엄마가 하나밖에 없는 자식에게 거짓말을 하겠니?

공상호 아으, 엄마는! 엄마를 못 믿어서가 아니라 어떻게 그런 일이 있을 수 있지요? 그래서요?

어머니 그래서, 내 아들이 날 여기 보낸 거라오, 라고 말해줬지. 그래도 노파는 막무가내야. 들은 체도 않더라! 그러면서 자기는 자식도 없고 무식하지만 변절자는 아니라며, 날 배신자로 몰아붙이지 않겠니?

공상호 치사하네요.

어머니 그렇다니까! 본시 인간은 치사한 종족이야. 나도 그깟 말씨름에 지진 않았지. 그랬더니만 그 할망구는 교리를 들고 나오더구나. 자기는 스스로의 선업으로 인해 이곳에 있지만, 나는 자식이 보내줘서 온 것이니 다르다고! 오히려 날 비웃더라. 속으론 여간 뜨끔하지 않은 건 아니었어.

공상호 우습지도 않네요. 그런 걸 따지는 게…….

어머니 그렇단다. 애야, 모두가 그 꼴이 그 꼴이지!

(천둥과 번개 음향)

어구구, 서둘러야겠구나. 내가 급히 널 찾아온 이유는, 이젠 좀 평화롭고 싶어. 그러니 이런 데 말고, 못된 이들이 없는, 조금 더 조용한 곳으로 옮겨줬으면 좋겠다. 더 수준 높은 고급 절로 말이야.

공상호 어휴! 그러려면 돈이 필요하잖아요. 근데 내가 가진 돈이 있냐구요.

어머니 그러니까 이놈아! 이젠 돈 버는 일을 좀 하라구. 맨날 책 나부랭이나 읽고 지내니 돈이 생기겠냐? 땅을 파면 돈이 생기겠니? 하늘을 쳐다보면 돈이 생기겠냐? 일해야 돈이 생기는 게 아녀!

공상호 아으, 제발 좀 고만하세요!

어머니 그리구, 이건 좀 훈계처럼 들리겠지만! 달라질 수 있는 건, 오직, 너에게 시간이 주어졌을 때밖에 없단다. 그러니 이젠 좀 달라지라구!

공상호 고민 좀 해보죠!

(천둥과 번개 음향)

어머니   고민 좀 해봐라! 제발! 제발! 그럼, 나, 간다!

어머니가 서두르며 무대에서 사라진다. 비가 세차게 내리기 시작한다. 그럼에도 공상호는 계속 길거리 청소를 계속한다.

공상호   웬 쓰레기가 이렇게 많은 거지? 무슨 성토대회가 있었나?

그는 거리를 쓸다 문득 빗자루에게 말한다.

공상호   (빗자루를 내려다보며) 이건 분명한 현실이야. 빗자루 너는 확고해, 나에게 빵을 주니까. 하긴 마녀들은 이렇게 빗자루도 타고 날아다닌다지?

빗자루를 타고 마녀 흉내를 내본다. 엉덩방아를 찧는다.

공상호   어이쿠! 아파라! 실제 현실은 늘 이래. 우리를 상처투성이로 만들거든.

그는 빗자루질을 멈추고 쓰레기에서 양초를 집어 든다.

공상호   이게 횃불이 되고 등불이 되었다지? 신기한 일이야. 그렇다니까! 혁명은 이렇게 보잘것없는 것으로부터 시작한다니까!

양초를 쓰레기 봉투에다 집어넣고 계속 청소를 한다. 이번엔 어떤 헝겊을 집어 든다.

공상호   제기랄! 이건 또 뭐지?

펼치니 태극기다. 그는 그것에다 경례를 올린다. 빗자루가 쿵, 떨어진다. 공상호 다시 바쁘게 움직인다. 이번엔 길거리에 뒹구는 병들을 발견한다.

공상호   (플라스틱 병을 집으며) 병은 병이야! 이것들은 자본주의가 만든 병이지. 물을 저당 잡아 돈을 버는 방법이 아니겠어? 한 모금 마시자고 이렇게 쓰레기를……. 현대인의 질병이야. 으악! 이건 뭐여?

길바닥에 여기저기 널려 있는 검은 물체다.
어떤 것은 남은 음식처럼 신문지에 싸여 있고, 어떤 것은 나뒹굴고 있다.
공상호가 그것들을 손가락으로 집어 올린다.

공상호   으윽, 인간의 혀가 아냐? 징그럽군, 징그러워! 딱딱하고 변질되어 있는 게 진짜 징그럽다. 새빨간 것도 있지만, 시커먼 것도 있고, 또 시퍼런 것도 있네. 아, 징그러워라! 누가 이런 걸 여기다 버렸을까? 이상하군? 어떤 사람들은 입안에 혀가 한둘이 아닌가 봐! 한둘이!

그는 굳은 혀들을 쓰레기 봉투에 집어넣는다.
바닥에서 나뒹구는 종이, 서류, 계약서, 광고지들이 눈이 들어온다.
공상호는 그것들을 집어 냄새를 맡는다.

공상호   이것들은 또 뭐야! 냄새가 고약하군, 내용도 까칠해. 전체주의, 독재주의, 권위주의, 자본주의, 상업주의……. 죄다 인간을 해치는 단어들이지. 무시무시한 무기와 다름없어. 말로 만든 무기야말로 정말 무서워. 에잇! 몽땅 쓸어버려야지. 이 몹쓸, 뭐~ 뭐~ 뭐~ 주의, 죄다 없어지거라! 퉤, 퉤, 퉤!!!

우르르 꽝꽝 번개가 치고 천둥 소리가 들린다.
길거리에 비가 세차게 쏟아진다.
(책을 제외한 무대 쓰레기 청소가 대충 끝나게 된다)

제2막

1장

장소 : 공상호의 5층 옥탑방
시간 : 늦은 밤
무대 오른쪽에 옥탑방 있고, 간이침대와 의자 하나, 책들이 바닥에 흩어져
있다.

공상호가 의자에 앉아 소설을 읽고 있다. 빗소리가 들려온다.
그는 소설의 마지막 페이지를 덮는다. 손가락으로 책 커버를 쓰다듬다가
가슴으로 책을 가져간다.

공상호　(독백) 야아, 대단하네! 여주인공 증말 멋지다. 좌절을 극복한 용
　　　　기가! 감동이야!

바깥에서 빗소리가 세차게 들린다.
누군가가 문을 똑, 똑, 두드린다. 공상호 듣지 못한다.

공상호 진짜 이런 여자라면 한번 만나고 싶다! 언젠가 나도 이런 소설 하나 쓰고 싶구. 언젠가는…….

아까보다 더 세게 두드리는 소리가 들린다. 공상호는 책을 바닥에 놓고 고개를 갸우뚱하며 일어난다.

공상호 누구세요?

여자 (문 밖에서) 여기가 낙원동 108번지 5층 맞나요?

공상호 맞는데요?

여자는 공상호의 코앞에다 허름한 종이 한 장을 내민다.

공상호 이, 이게 뭐죠?

여자 월세 계약서!

공상호 어? 내가 여기 사는 세입자인데요?

여자 이 계약서에서 보다시피, 이번 달부터 제가 여기에 살게 되었어요. 믿지 못하겠으면 주인한테 연락해보세요. 음, 그런데 비가……. 우선 비라도 좀 피해도 될까요?

공상호 아, 네. 잠깐 들어오세요.

여자가 옥탑방 안으로 들어온다. 여자가 들어오자 공상호의 옥탑방이 부푸는 빵처럼 커진다. (조명이 환해짐)
그제야 그는 여자의 얼굴을 자세히 살핀다.

공상호　(놀라며) 헉, 그런데 당신은?

여자　(종이를 건네며) 확인해보세요. 틀림없지요? 그렇죠?

공상호는 눈을 비비며, 여자의 얼굴을 가까이 들여다본다.

여자　정확히는, 으음, 한 달 전이죠. 계약을 했던 건······.

공상호　우아, 소설 속의 여자와 똑 닮았네요!

여자　뭐라고요?

공상호　아, 아닙니다. 일단 여기 앉으세요.

여자에게 의자를 내민다.

공상호는 자신의 뺨을 꼬집어보다가, 여자의 머리에다 코를 대고 냄새를 맡아본다.

공상호　아휴, 땀 냄새, 소설과는 영 다르네.

여자　다르긴 뭐가 다르다는 말이죠? 똑똑히 보세요! 여기 증명도 있으니. 이름이랑 주소랑 똑똑히 적혀 있잖아요!

공상호　그거 참 이상하다! 전 연락을 못 받았는데······. 거기 그 계약서 믿을 만한 건가요?

여자　무슨 말 하는 거예요? 세상이란 계약으로 운영되는 거 몰라요? 나 참, 세상을 몰라도 한참 캄캄한 사람이네.

공상호　계약이란 게 대부분 말도 안 되게 불공평해서······.

여자　그러니까 집주인에게 직접 전화해보시라고요!

공상호　(고개를 저으며) 전 핸드폰이 없어요.

여자	어머머, 세상에! 나 같은 시골 여자도 핸드폰이 있는데. 그렇다면 내가 해보죠.

여자는 기분이 상한 얼굴로 손가방에서 핸드폰을 꺼낸다.
공상호는 여자의 옷에다 코를 대고 냄새를 맡아본다. 그런데도 여자는 그런 공상호의 행동에 아랑곳하지 않는다.

여자	뭐야, 정말! 불통이잖아! 빌딩 주인들은 꼭 이래! 나 참!

주인과 통화가 이루어지지 않자 여자는 짜증을 내다가 벌떡 의자에서 일어나, 무언가를 결심한 듯이 주변 정리 정돈을 시작한다. 바닥에 나뒹구러진 책을 옮기고 손수건으로 이곳저곳에 쌓인 먼지를 턴다.

공상호	왜 이러시죠?
여자	(두리번거리며) 어휴, 뭐, 발 디딜 곳이 있어야지.
공상호	만지지 마세요! 제 책들은 나름대로 제자리에 있는 겁니다!
여자	이봐요! 방의 질서를 되돌리는 일을 좀 하는데 그리 흥분할 것 없잖아요!
공상호	아가씨, 아니 아주머니. 아직까지 여긴 제 집이 아닌가요? 난데없이 이 밤중에! 아직은 좀 참아주세요! 당신이 뭐, 우렁이 여인도 아니고, 병 속에 갇혔다가 나온 지니도 아닌데, 갑자기 나타나선…… 그렇다고 소설 속의 여자도…….
여자	아, 알았어요. 청년! 미안하지만 아무리 눈을 크게 뜨고 둘러봐도 먼지투성이 이곳에 어디 궁둥이라도 댈 데가 있나요! 사방에

온통 책뿐이니. 이해하기 힘드시겠지만, 실은 제가 이런 밀폐성 공간을 견디지 못해요. 말 못 할 사연이 있거든요, 당신에겐 말할 수 없지만…….

공상호   아, 그건……. 소설과 같네요.

여자는 바닥에 쓰레기들과 책들을 정리한다.
공상호는 혼란스러워하며 조금 아까 끝낸 소설책을 집어 든다.

공상호   (무대 앞으로 걸어 나와) 어라, 외모는 똑같아 보여도 행동거지는 좀 극성스럽네! 책 속의 여자는 조용하고 수용적이고 애상적이었는데……. 캐릭터의 변질이라니! 소설을 떠나면 인간은 그럴 수도 있는 건가? 그래, 인간이란 끊임없이 변하는 존재니까……. 그리고 또 알 수 없는 게 인간이고…….

여자   청년, 뭘 그리 혼자 궁성궁성대는 거요? 늙은 영감처럼.

공상호   아, 아닙니다.

여자는 계속 청소를 하고 있고, 공상호는 관객을 보며 방백한다.

공상호   (방백) 글쎄 이런 일은……, 혹시 내가 만들어낸 상상이 아닐까? 아니면, 현실과 상상의 두 공간이, 내 머릿속에서 교차하다가 합선되어버린 게……? 그것도 아니라면. 내가 점점 미쳐가고 있는 게…… 아닐까? 이거 참, 미치겠군!

공상호는 머리를 세차게 흔든다. 그는 실망스런 눈길로 여자를 쳐다본다.

공상호 증말 이상하네. 사람이 섞이고, 시공간이 섞이고, 사건이 섞여
버리고…….

여자 (갑자기 뒤돌아서며) 하지만 분명한 건, 내일부터 내가 이 방의 세
입자라는 거예요!

공상호 아가씨, 아니 아주머니, 그건 그렇다 치고, 오늘 밤은 한 곳에서
잘 수 없잖아요!

여자 흥! 여보세요! 이런 장대비가 쏟아지는 지경에! 그것도 이 늦은
밤에! 나갈 사람은 바로 당신이에요!

공상호 아주머니, 혹은 아가씨. 남의 집에 난데없이 침입해 이 무슨 소
란입니까?

여자 침입이라니요?

공상호 당연히 침입이죠! 누가 봐도 이건!

여자 저는요, 당연한 제 권리를 주장하는 거예요!!

두 사람은 서로를 뚫어져라 째려본다.
잠시 침묵이 흐르다가 갑자기 여자가 팔짱을 끼고 서 있다가 태도를 바꾼
다. 손을 허리 뒤에 대며 비틀거린다.

여자 아, 몹시 피곤하네요. 종일 덜렁대는 시외버스를 타고 와
서……. 청년, 미안하지만 내가 지금 너무 너무 피곤해요.

공상호 참, 먼 길을 오셨잖아요?

여자　맞아요.

공상호　정말 대단하세요! 부러웠어요. 집을 박차고 나온 용기가! 알코홀릭 남자는 영원히 구제 불가능한 법이죠.

여자　(힘이 나듯) 그렇지, 까짓것 못 할 거 없었지. 이래봬도 난 산전수전……. 에잇! 그런 구질구질한 이야기는 당신 같은 젊은이가 들어봤자 뭐 하겠수.

공상호　아닙니다. 아닙니다. 저도 다 알아요. 책에 모두 있는걸요.

여자　(공상호를 바라보며) 에구, 뭔 소리를 하는지 통 모르겠네.

공상호는 소설책을 손가락으로 가리킨다.
여자는 들은 체도 하지 않는다. 여자는 짐보따리를 주섬주섬 푼다.

여자　근데, 자꾸 뭐가 먹고 싶네. 청년도 같이 먹을 테야?

공상호　식빵이라……, 그거 좋죠. 저도 뭘 좀 보태겠습니다.

공상호도 방을 휘익, 돌아본다. 책장 뒤에서 참치 통조림을 꺼낸다.
여자는 바닥에 신문지를 펼친다. 식빵과 참치 통조림을 그 위에 늘어놓는다. 둘은 말없이 참치 샌드위치를 만들어 먹는다.

공상호　바이블이란 책에서 보면, 예수가 부활한 후 제자들에게 나타나서 빵과 생선을 나누었지요. 지금 이렇게 빵과 참치를 먹고 있으니 왠지 그게 생각나네요.

여자　어떤 책이라구?

공상호　성경책이요.

여자	왜 하필이면? 빵과 생선이죠?
공상호	글쎄요. 모르지만 뭔가를 상징하는 거 아닐까요?
여자	상징?
공상호	네, 상징이요.
여자	청년은 기독교 신자인가?
공상호	아뇨. 어머니가 예전에.
여자	(무심하게) 난 종교는 딱 질색이야. 자꾸 죄지은 것처럼 만들잖아!
공상호	아, 네. 좀 그렇긴 하죠. 그런데 참, 이렇게 옥탑방에서 사람하고 같이 밥 먹는 건 무척 오랜만이네요.
여자	그건 또 무슨 엉뚱한 소리야? 그러면 누구랑 식사하는데?
공상호	책과 함께죠.
여자	엄청, 괴짜네!
공상호	고독하지만 괴물은 아니에요.
여자	그렇다 치구. 내가 내일 아침 일찍 급히 다녀올 데가 있는데 혹시 그때까지 짐가방을 맡아줄 수 있겠수?
공상호	그거야 전혀 어렵지 않죠.
여자	아휴, 고마워라! 근데 말야, 혹시 청년이 갈 데가 금방 나서지 않는다면 말이지. 여기 더 머물러도 난 괜찮아. 당분간만은?
공상호	오늘 밤은요?
여자	(하품하며) 이렇게 늦은 밤에 둘 다 어딜 가겠수?
공상호	제가 옥탑방에 살게 된 후 찾아온, 유일한 손님이신데, 이렇게 대접하는 것이 좀 죄송합니다만 하룻밤을 편히 지낼 수 있게 해드리죠.

그는 얼른 자리에서 일어나 흩어진 책들을 벽돌처럼 쌓는다.
같은 크기 책들을 모아서 귀퉁이를 세우고 위에 널빤지를 얹는다.

공상호 자잔, 책으로 만든 침대입니다. 하룻밤 정도는 괜찮을 겁니다.

여자 그렇겠지. 축축한 콘크리트 바닥보다야…….

여자는 순순히 책으로 만든 침대에 눕는다. 가난한 친정에 돌아와 새우잠
이라도 청하려는 누이처럼.

방이 어두워진다. 이윽고 여자의 코고는 소리가 들려온다.
조명이 공상호의 얼굴을 비춘다. 그는 자고 있지 않다. 슬쩍 곁눈질로 자는
여자를 훔쳐보고 있다. 그의 손에는 그 소설책이 들려 있다.

공상호 (혼잣말로) 소설에서처럼 저 여자의 뱃속엔 생명이?

밤이 깊어지면서 빗소리가 강해진다.
빗소리와 빗소리 사이로 뭔가 미약한 소리도 슬며시 끼어 들려오고 있다.

어둠 속   저, 저, 저……

— 무대가 어두워지고, 비가 세차게 내린다 —

2장

옥탑방 왼쪽엔 시멘트 마당이 있다.
옥탑방이 fade-out 되면서 조명은 비가 내리는 마당을 비춘다.
천둥 번개가 우르르 쾅쾅, 친다. 누군가 서 있다.

어머니 얘…… 상호야……, 자니?

공상호는 그 소리를 깜짝 놀라 방 안에서 벌떡 일어나 더듬더듬 마당으로
나간다.

공상호 제가 고민해본다고 했잖아요! 계시는 절을 바꾸시려면…….
어머니 아녀, 그 일 때문이 아녀. 저 여자 때문이여.
공상호 저 여자요?
어머니 그려.
공상호 어머니두. 저 여자하고는 아무 관계도 아니에요.
어머니 그려 알어. 근데 너, 여자 뱃속에 아가 있는 거 알지?
공상호 짐작은 했죠. 소설에 있으니까요.
어머니 저 여자 혼자서도 아가 잘 키울 수 있을까?
공상호 글쎄, 모르죠.
어머니 난, 널 혼자 키워왔지.
공상호 에이, 누구보다 제가 잘 알죠.
어머니 내가 생전에 한 일 중에 최고의 것은 너를 낳은 거지.

빗소리 몽환도

공상호 아으, 엄마 또 그 말을!

어머니 이놈아, 내일이 니 생일이잖어!

공상호 앗, 그러네요. 그렇고 보니 내 생일이네요. 깜박했어요!

어머니 에구구, 칠칠하지 못한 놈! 지 생일도 잊다니! 쯧쯧. 그저 책밖에 모르고. 내가 널 우주에서 불러올 때 얼마나 힘들었다구.

공상호 그냥 두지 그러셨어요? 세상이 너무 탁해요!

어머니 너, 왜 그리 나약하냐? 눈을 부릅뜨고 세상과 대면해야지. 이제 책들일랑 고만 읽고.

공상호 에잇, 또 그러시려면 전 들어갈래요.

어머니 아니다, 아녀. 취소한다, 취소! 사람은 책을 읽어야지, 책은 영혼의 밥이니까. 실은 내가 널 찾은 진짜 이유는…….

공상호 제발, 요점만요, 어머니.

어머니 그려, 근데 무슨 소리 들리지 않으냐?

공상호 무슨 소리요?

어머니 정말 아무 소리도 안 들려?

공상호 아, 들려요. 빗소리!

어머니 이걸, 그냥! 아가가 너에게 하고 싶은 말소리 안 들려?

공상호 어, 그런 거 못 들었는데?

어머니 쯧쯧쯧. 너 도대체 세상을 어떻게 살고 있냐? 그런 딱딱한 마음을 가지구. 니 입으로 책에서 뭔가를 찾았다고 허지 않았어? 근데, 그런 건 뒀다 뭐 하나?

공상호 어머닌 절에 계시더니만 불교 신자가 다 되셨네요. 말끝마다 마음 운운하시는 걸 보니.

| 어머니 | 흥! 너야말로 반종교주의자가 되어뿌렸구먼. 그럼, 다른 식으로 말해주마. 네가 책을 대하는 상상력으로 들어보라구! |
| 공상호 | 아으! 알아들었어요. |

둘은 살금살금 옥탑방 문으로 걸어간다. 실내에서 푸푸, 거친 숨소리가 증폭되어 들려온다. 여자에게서 나는 소리다. 공상호는 안 들린다고 어머니에게 고개를 흔든다.

어머니가 되돌아가려는 공상호의 귀를 잡고 문 앞으로 끌고 간다. 팬터마임처럼 어머니는 공상호의 가슴을 찌른다. 들으라는 제스처다. 공상호는 귀를 좀 더 가까이 문에 댄다.

돌연, 분홍빛 태아의 모습이 조명으로 인해 나타난다.(TV 스크린처럼)

공상호	(흠칫 놀라며) 엄마!
어머니	다 큰 놈이 징그럽다. 좀 용감해라!
공상호	좀 조용히 말하세요. 여자가 잠을 깨겠어요.
어머니	이놈아, 너야말로 맘을 좀 조용시켜라!

공상호 고개를 끄덕이며 다시 귀를 댄다.

| 뱃속의 태아 | 아저씨! 저 저, 저……. 저 좀 살려주세요. |

공상호는 겁을 먹고 몸을 움츠린다.

태아   저…… 살고 싶어요. 세상이 어떤 곳인가 보고, 느끼고, 알고 싶
어요.

공상호의 눈이 휘둥그레지고 어머니는 고개를 끄덕인다.

태아   간절히, 간절히, 삶을 맛보고 싶어요.

공상호 어? 그래? 난 살 맛을 통 못 느끼는데?

태아   부탁이에요! 엄마를 말려주세요!

공상호 엄마를?

태아   네, 엄마는 아침이 되면 병원에 가려고 해요. 엄마는 제 목숨이
자기에게 달렸다고 생각하지만 실은 제 목숨은 제 것이기도 하
죠. 그러니까 엄마를 설득해주세요.

공상호 (입맛이 쓰다는 듯이) 글쎄…….

태아   지금 저는 맘이 설레고 있어요.

공상호 첨엔 누구나 그렇지. 나도 그랬어.

태아   아, 전 세상을 만지고 싶어요!

공상호 세상은 혼탁해. 온갖 먼지들로 더러워 눈을 뜰 수 없단다. 너의
엄마만 봐도 그렇잖아. 너의 가정만 봐도 말야.

태아   상상만으로 아니라 직접 사랑하는 사람들과 이야기하고, 내 손
으로 그들의 뺨을 비비고, 그들의 숨소리를 듣고 싶어요.

공상호 악의 가득한 사람들도 많지. 경계하지 않으면 널 파괴할걸?

태아   불어오는 바람에 춤을 추며 뛰어다니고 싶어요. 아, 숲속의 나
무들! 또 들판의 꽃들! 얼마나 아름다울까! 그 향기를 코로 맡고

싶어요.

공상호 세상은 그리 아름답지 않어! 쓰레기로 가득 차 있지. 모두들 중독되어 있고 뭔가에 미쳐 있단다.

태아 또 비, 저 빗소리를 듣고 느끼고 싶어요. 보랏빛 빗방울을 만지고 싶어요. 또 또, 또……. 아, 이 지구별에 존재한다는 것만으로 행복할 것 같아요!

공상호 과연…… 그럴까? 후회하지 않을까?

태아 상관없어요! 그 경험을 위해 대가를 바치겠어요, 기꺼이!

공상호 글쎄……, 이곳이 그토록 올 만한 걸까? 과연 그럴까?

태아 부탁이에요. 엄마를 꼭 말려주세요! 꼭, 꼭, 꼭 요!

옥탑방을 비추었던 조명이 꺼진다. 빗소리 크게 들리다가 조용해진다.
어머니가 어느새 공상호 뒤에 서 있다.

어머니 얘야, 들었지?

공상호 (더듬대며) 어, 어떡하죠?

어머니 어떡하긴 어떡해. 부탁이니 들어줘야지.

공상호 어머닌 낙태 반대주의자입니까?

어머니 아녀, 난 그런 보수주의자는 절대 아녀.

공상호 페미니스트도 아니시고요?

어머니 야는 왜 그리 '주의'를 주장하는 거냐! 따질 걸 따져야지! 생명이 중요한 거여, 생명이!

공상호 하지만 내가 저지르는 일도 아닌데 왜 내가? 책임을 져야 되는 거죠? 또 저 여자와는 조금 아까 처음 만났고, 그저 참치캔과 마른 빵을 먹은 사이일 뿐이에요. 물론 책에는 나오지 않은 사건이지만요. 이미 일어난 일을 제가 뭘 할 수 있겠어요?

어머니　아녀, 그렇지 않어. 얼마든지 네가 새로이 현실을 만들어낼 수 있는 거여. 상호야, 너도 '러브 차일드(사생아)'였지. 저 뱃속의 아이처럼 처음엔 생명이 위태위태했단다.

공상호　엄마, 그 얘긴 왜 또…….

어머니　내가 널 뱃속에 가졌을 때 주변에선 모두 손가락질했지. 아버지도 없는데 어떻게 키우겠냐고 말야. 그런 악조건에도 불구하고 내가 널 세상에 데려왔듯이 너도 아가를 도와줄 수도 있지 않겠어? 생명이 한 번 여기에 오는 게 얼마나 대단한 건지 아니? 보통 일이 아녀! 모두들 몰라서 그렇지, 목숨을 얻어 살다 가는 건 장엄한 일이란다. 그러니 뱃속의 아가를 좀 도와줘라.

공상호　적어도 저 여자가 아이를 낳을 때까지 조수 역할은 할 수 있겠죠. 하지만 그다음에는요?

어머니　그다음? 그다음? 그다음 일은 그다음에 맡기려무나. 나~ 간다!

그때, 번개가 치고 천둥소리도 들린다. 공상호가 두려워 애벌레처럼 몸을 구부리는 사이에 어머니 사라진다

공상호　뱃속의 저 아기를 내가 도와…….

— 무대는 늑대의 입처럼 캄캄해지고 빗소리만 들린다 —

3장

장소 : 옥탑방 실내
시간 : 깊은 밤

공상호 잠을 못 이룬다. 조명은 고뇌스러운 그의 얼굴만을 비춘다.

공상호   (독백) 과연 삶은 살 만한 것인가? 아니면, 아닌가?
저 태아가 원하고 있듯이, 여긴 그토록 올 만한 곳인가?
지금 세상에선 잘해봤자 부속품으로 살 수밖에 없는 구조잖아?
돈만이 주인공인 세상에 누가 자유로울 수 있겠어?
근데 뭣 때문에 온다는 거야? 세상을 몰라도 엄청난 백지인걸?
아니야, 절대 아니야!
개똥밭에 굴러도 이승이 좋다고들 하지. 그러나 그건 유효하진
않는 옛말이지. 무효야! 완전 무효!
사실 때론 세상은 아름답게도 보여. 틀린 말은 아니지.
아냐, 아냐! 추악해! 더럽고! 비열하고!
지옥 쪽이 더 리얼한 거지. 누구나 그쪽을 더 경험하고 있잖아!
천국을 경험한다고 말하는 사람을 만난 적이 없어. 도취된 인간
말고는…….
어쩌면, 아니 실상은……, 아, 그래. 이 세상은 '둘 다' 라고 봐야
겠지.
아름답고 동시에 추하고, 선하고 동시에 악하고.

그래, 그래. 둘 다! 둘 다!

그렇다면, 둘 중에 어떤 하나를 선택하느냐가 문제군!

하지만 우리가 도대체 어떤 선택을 할 수 있겠어?

그래봤자. 인간은 갇혀 있어……. 세상이란 곳에 갇혀 있다고!

몸을 웅크리고 바닥에 주저앉는다. 한참 시간이 흐른다.

하지만…….

비록 감옥에 갇혀 있는 수인이라도 즐거울 수 있잖아?

그래 맞아, 맞아!

아무도 막을 순 없는 게 인간에게 주어졌지. 그게…….

날이 밝아온다. 책으로 만든 침대에 자던 여자가 깨어난다.

공상호   (망설이며) 어떡하지? 어디부터 말해야 되지?

여자   (기지개 켜면서) 아아, 아침이 왔네. 청년 일어났수? (시간을 본다) 어머, 벌써 이렇게 됐네.

공상호   가시면 안 돼요!

여자   (못 들은 체) 뭘 먹으면 안 된다고 했는데 어쩌나? 배가 요동을 치는데?

공상호   절대 가시면 안 돼요!

여자   (무심한 척) 비루한 현실이야.

공상호   용기를 다시 보여주세요. 책 속에서 보여준 용기를! 가난과 소외, 학대와 폭력, 곳곳에서 말도 안 되는 것들을 꿋꿋이 견디어 내셨잖아요!

여자   보아하니 청년은 책밖에 모르는 것 같은데……. 아무리 그런 말을 해도 그런 남자와 살긴 쉽지 않지. 현실이란 난해한 것이야. 환상만큼이나 난해해. 일상이 괴로워!

공상호   그건 제 삶도 마찬가집니다.

여자   무엇보다 이런 상황에 한 인간을 초대하는 건 마땅치 않은 일이야.

공상호   새 생명에게 시간을 주세요. 혼탁한 세상이지만 그래도 경험하고 싶다고 하잖아요! 세상이 어떤 곳인가 보고, 느끼고, 알고, 만지고 싶다고 하잖아요! 존재하는 것만으로도 행복할 거라고 하잖아요! 지구별에 오고 싶다고 하는데 막으면 너무 슬프잖아요! 밤새 생각해봤어요. 제 자신에 대해서도 다시 생각하게 되었어요. 그러니, 제발!

여자   (고개를 숙이고 대꾸가 없다) …….

공상호   생명에게 기회를 주세요. 시간이란 선물을!

여자   저, 잠깐만 나갔다 와야 돼요. 약속이 있어서.

여자가 후다닥 방을 나간다. 공상호도 그녀를 따라 나가지만 여자는 벌써 사라지고 공상호의 어머니가 마당에 서 있다.

공상호   어머니, 이를 어쩌죠? 여자를 말렸어야 했는데……, 좀 더 적극적으로 했어야 하는데…….

어머니	그래, 애썼다. 저도 인간인데 아마 맘을 돌릴 게야.
공상호	그럴까요?
어머니	그게 옳은 거라면 바뀔 거야. 암, 바꿔야지.
	근데 말이다, 인간은 증말 잘 안 바뀌더라. 죽어서도, 영가가 되어서도 말야. 이젠 그 몹쓸 노파가 마구잡이로 나와! 다른 영가들을 충동질해서 단체로 날 몰아세우지 않겠니?
공상호	치사하네요.
어머니	치사할 정도가 아니야! 막장이야! 하지만 이젠 난 그들과 맞서기로 했어. 대들었지. 당신들은 도대체, 죽어서까지도 무슨 종교를 빗댄 싸움질이냐구! 도대체 하늘 어디에, 이 땅 저 땅 국경선이 있겠느냐구!
공상호	죽어서도 여전히 그런 걸 따지다니? 놀랍네요.
어머니	그렇다니까. 죽어서도, 영가가 되어서도 그대로야! 살아 있을 때와 전혀 다르지 않아. 그 할망구가 하도 난리를 피우는 바람에 법당 영가들이 술렁대기 시작했어. 순식간에 의견이 분분해지더니, 이 파와 저 파가 갈라지더라. 정치판처럼 말이야. 영가들은 대강 세 파야. 원래부터 불교 신자, 자식이 불교 신자, 나머지는 뒤죽박죽 그룹이지. 나 같이 생전에 기독교 신자였던 영가는 아주 소수야. 영어로 하자면 '마이너리티'란 말이지.
공상호	어쨌든 휘말리진 마세요. 그 따위 허망한 일에!
어머니	그려, 알겠다. 이젠 나도 정면대결하기로 했어. 그러니까 날 다른 절로 옮겨주지 않아도 돼. 더 수준 높은 사찰이 뭐 필요하겠니? 내가 있는 이 자리가 바로 극락이고 천당 자리이지.

공상호   아으, 살아생전과 똑같으시네요! 패기가 여전하세요!

어머니   저번 내 부탁일랑 잊어버려라! 그리구, 너 돈 벌지 않아도 돼. 무효시켜도 돼! 나~ 간다!

어머니 사라진다, 연기처럼. 공상호는 한숨을 푹푹 내쉰다.
그러다가 그는 뭔가를 확인하려는 듯 소설책을 다시 집어 든다.

공상호   혹시⋯⋯?

그 순간, 누군가가 탕탕 문을 두들긴다.

남자   계세요?

공상호   누구세요?

공상호는 소설책을 두 손에 든 채로 문 앞으로 걸어가 목만 내민다. 어떤 낯선 남자가 번들대는 검정 비옷을 입고 서 있다. 등이 튀어나와 있고 초췌한 모습이다.

공상호   (갸우뚱하며) 꼽추 같은데? 갓난아이를 업고 있는 것도 같고?

남자   실례합니다. 여기 이 종이에 적힌 주소가 바로 여기입니까?

공상호   네, 그런데요?

그때 갑작스레 쿵, 소리가 들린다. 남자는 비옷을 벗어젖히고 결투를 시작하겠다는 듯이 실내로 들어온다. 등에는 기타를 메고 있다.

남자	어떤 여자 여기 왔지?
공상호	여자요?
남자	이거 왜 이래? 내가 바본 줄 알아? 나, 다 알고 있어! 인마.
공상호	형씨, 아니 아저씨!
남자	이 죽일 놈이 다 알면서 무슨 수작이야!
공상호	잠깐만요! 여긴 내 집입니다!

갑자기 남자가 방을 둘러본다.

남자	(침대를 가리키며) 어, 어, 어라, 저건 뭐야?
	자알들 놀고 있었구먼, 자알 놀구…….
공상호	어이쿠, 아닙니다. 책으로 만든 침대일 뿐이에요.
남자	책이고 뭐시고 이놈이 보기보다 엉큼하군! 너 주먹맛 좀 볼래?
공상호	아저씨 왜 이러세요? 제 말은…….
남자	(멱살을 잡는다) 얼른 솔직히 말하지 못해!
공상호	아이쿠, 사람 살려! 그런 거 아니라고요.
남자	어쭈, 야리야리한 게, 형편없는 갈비씨 주제에, 거짓말까지 하구.
공상호	인격 모독 마세요! 아저씬 그 잘난 외모에, 왜 여자를 등쳐먹는 거죠?
남자	뭐라고? 지금 너 뭐라고? 내가 누굴 등쳐먹는다고? 무슨 씨알 머리 없는 소리를 해대는 거야? 너 같은 놈이 예술이 뭔지나 알 어? 예술이 희생 없이, 대가 없이, 이루지는 건 줄 알아? 나도 피

흘리고 살아, 인마!

공상호는 남자의 멱살을 풀고 얼른 마당으로 도망간다.
둘은 마당을 뱅뱅 돈다. 남자가 공상호를 다시 무대 중앙으로 끌고 나온다.

남자   (주먹으로 위협하며) 이 녀석을 그저 한 방에!

공상호 맙소사! 책과 똑같으시네요. 정말 현실은 무지막지하군요.

남자   너, 그 헛소리를 해대는 것부터 고쳐야겠군.

남자가 한 방 먹이려는 순간, 옥상 문으로 여자가 나타난다.

남자   어, 어, 이것 봐라? 야, 너 이리 와! 당장!

남자가 여자에게 명령한다. 여자는 흔들림 없이 꼿꼿한 자세로 옥탑방 안
으로 들어간다.

남자   어쭈, 어쭈, 저게?

공상호 (멱살이 여전히 잡힌 채 여자를 쳐다보며) 괜찮으세요?

여자   …….

남자와 공상호가 싸움을 풀고 마당에서 옥탑방으로 따라 들어간다.
여자는 책으로 만든 침대에 걸터앉아 있다.
세 사람이 스톱모션이 된 듯 멀거니 서 있다.

여자   청년, 물 좀 마실 수 있을까?

공상호   네, 네. 물론이죠.

삼다수 2리터 한 통을 가져다준다. 물통이 4리터처럼 커 보인다. 여자가 물과 함께 알약을 꿀꺽꿀꺽 삼킨다.

공상호   근데, 아주머니…… 아이는요? 아이는?

여자   (고개를 흔들며) 지우려고 갔는데…… 막상 수술실까지 갔었는데…… 아무래도 못 하겠더라고. 왜 그런 짓을 하려고 했는지…….

공상호   (기뻐하며) 정말, 잘하셨어요.

두 사람을 번갈아보던 남자는 어리둥절한다

남자   아이라니? 그게 무슨 말이야? 대체 무슨 수작들이지?

공상호   (용기를 내듯) 에잇! 시발! 나라도 떠나겠네! 아저씬 뭐예요! 증말 한심하네요. 아저씨 아가가 태어날 거잖아요! 그 사실을 알기나 하세요?

남자   (여자를 되돌아보며) 아니, 그럼?

여자   (침묵)

공상호   쳇! 자기가 무슨 예술가라고! 가장 중요한 사람에게 그렇게 무심하면서!

남자   그렇다면……? 그게……? (여자를 쳐다본다)

여자　(침묵)

공상호　현실이 어떻게 돌아가는지도 모르면서! 맨날 술만 먹고. 도대체! 그 주제에 예술이니 뭐니 주정이나 하고! 뭐예요? 당신처럼 난폭한 인간이 어떻게 노래를 제대로 부를 수 있는지 의심스럽네요. 믿어지지 않는단 말이에요!

남자가 숙연해진다. 기타를 끌어안고 고개를 숙인다.
그가 기타 케이스를 연다. 그 안에서 담배를 찾아낸다. 그러는 과정에서 기타 선율이 띠이링, 울린다. 남자가 담배를 피우려다 내던진다.

남자　근데, 왜 내게 말도 안 한 거지?

여자　(침묵)

남자　이것 봐, 그거 말야.

여자　(침묵)

남자　다 술 때문이었어. 자기, 듣고 있어?

여자　(침묵)

남자　용서해줘. 절대 술 마시지 않을게.

공상호　거짓말!

남자　앞으론 작곡에만 전념할 거구.

공상호　거짓말!

남자　(공상호를 째려보며) 야, 니가 내 맘을 어떻게 알아?

공상호　책에⋯⋯. 아니, 그냥 알 수 있어요.

남자　여보, 제발 믿어줘.

빗소리 몽환도

여자	(침묵)
공상호	믿지 마세요! 한 번 알코홀릭은 영원히 알코홀릭!
남자	이 자식 입 닥치지 못해! 보자보자 하니, 야, 니놈이 무슨 남동생이라도 되냐?

남자는 다짜고짜 공상호의 멱살을 또 잡는다.

공상호	제발 말로 하세요! 지성은 두었다 뭐 해요!
여자	그 청년 그냥 놔둬요!
공상호	이놈이 알지도 못하면서 약을 올리잖아! 자꾸!
공상호	(멱살에 숨이 막히는 듯이) 아, 아파요. 아이쿠, 엄마
여자	대체, 뭘 용서해달라는 거죠? 뭘 바꾸겠다는 거죠?
남자	아, 그게…….
여자	늘 말뿐이잖아요! 늘 똑같았잖아요!
남자	(여전히 공상호를 잡고) 아, 그게……?
여자	당신은, 여태껏 땡전 한푼 가져다준 적이 없었죠. 밤무대에서 받은 돈을 한 번이라도 내놓은 적이 있었나요?
남자	으흠, 그게…….
공상호	아, 숨 막혀 죽겠네. 날 좀 놔줘요!
여자	당신은, 술 안 먹겠다고 하면서, 하루도 술 안 먹은 적이 있었나요?
남자	으흠, 으흠.
공상호	(계속 버둥댄다) 으으.

여자	당신은 화가 나면, 기타를 죄다 부숴버렸죠. 내가 어렵게 사준 것들을…….

여자   당신은 화가 나면, 기타를 죄다 부숴버렸죠. 내가 어렵게 사준
       것들을…….

남자   그랬던가? 내가, 그랬던가?

여자   당신은 작곡을 핑계 대며 노상 놀러 다녔어요. 나는 공장에서
       죽어라 일만 하고…….

남자   미안하이…….

여자   이런 식으로 못 살아요! 이렇게 사는 건 추해요. 당신이 바뀌지
       않으면…….

       말을 끝낸 여자가 울어버린다.

남자   (갑자기 멱살을 잡던 손을 푼다) 어, 어.

공상호 어이쿠! 아얏!

       남자가 갑자기 멱살을 놓는 바람에 공상호가 뒤로 나동그라진다.
       바닥에 널려 있는 책들이 쌓인 모서리에 머리를 찧는다.

여자   어머나, 청년, 괜찮아? 머리를 다친 것 같은데?

여자   청년, 괜찮아?

남자   괜~ 찮은가?

공상호 에잇, 씨! 다행히 죽진 않았어요!

여자   휴, 다행이네, 청년.

남자   몸이 허깨비처럼 가볍구먼. 종이로 만들어진 것처럼. 미안하이.

공상호   (갑자기 딸꾹질한다) 딸꾹, 딸꾹. 딸꾹.

어, 소설엔 이런 일이 없었지. 게다가 왜 나만 다치는 거지?

여자   (고개를 돌려 남자를 쳐다본다) 어쩌지요?

남자   이것 봐, 내가 좀 도와줄게.

공상호   (아니라고 손을 내저으며) 딸꾹, 딸꾹. 딸꾹.

남자   이리로 좀 가까이 와봐. 내가 멈추게 해줄게.

공상호   (연신 손을 내저으며) 딸꾹, 딸꾹. 딸꾹.

남자   아, 그것 참, 듣기 괴롭네. 그게 말야, 내가 비록 보잘것없는 밤무대 가수이지만, 귀만은 슈퍼 예민하다고! 게다가 자네 딸꾹딸꾹은 리듬도 안 맞아. 이리 좀 와.

공상호   (독백조로) 어, 이상하군. 이건 소설과는 생판 다르잖아? 소설이 결말을 바꾸기를 요구하는 거야! 뭐야!

그가 공상호의 등을 꾹꾹 누른다. 딸꾹질 멈춘다.

공상호   아, 멈췄네요. 깜쪽같이!

그것 참, 요상한 재주가 있으시네요.

남자   한때 내가 침쟁이를 쫓아다녔거든.

공상호   그 사연은 소설엔 없던 건데…….

남자   그놈의 술만 멀리할 수 있다면 나도 괜찮은 사내야.

공상호   과연 현실은 소설보다 난해하네. 알 수 없는 게 더 무한하고.

남자가 갑자기 무릎을 꿇는다. 노래를 부르는 듯한 소리로 여자에게 말한다.

남자 돌아와줘. 자기가 없으면 난 끝장이야. 하루만 없는데도 태양이 사라진 것 같았어. 그동안 자기가 있어서 내가 살 수 있었다는 걸 알았어. 진심이야. 돌아와줘, 내 사랑!

여자 (마음이 부드러워진다) 약속해요. 술은 조금만 마시겠다고요.

공상호 그래요, 아저씨.

남자 그럴게, 노력해볼게.

여자 또 남에게 피해 끼치지 않겠다고요.

남자 그래, 약속하지.

여자 제발 건강한 일상을 살자구요.

남자 불균형한 나를 용서해줘.

공상호 아, 그건 저도 그래요.

여자 삶이 파괴되지 않도록 노력해야죠.

남자 그래, 노력할게. 자길 위해 작곡한 노래가 있는데 들려주고 싶은데……. 어때?

남자가 기타 케이스를 다시 열어 기타를 매만진다.

남자 (공상호를 보며) 괜찮을까?

공상호 (개입하며) 아, 듣고 싶어요.

여자 그래요, 아가에게도 들려주고 싶어요.

공상호 소설 속에선 아저씨 목소리가 아름답다고 했어요. 아저씨 노래가 강물처럼 유연하고 부드럽다고 했어요. 아저씨 기타에서 아름다운 별들이 띠링 띠리링 떨어진다고 했어요. 그러니 듣고 싶어요! 들려주세요! 저에게 그리고 아이에게도 좀 들려주세요.

남자   (능청스러운 윙크를 보내며) 으흠, 자, 그러면…….

그는 때가 낀 긴 손톱으로 기타 줄을 띠이링 띠링, 퉁긴다. 남자는 눈을 지그시 감는다. 그의 입에서 상상도 못 할 부드러운 목소리가 슬프고도 감미롭게 흘러나온다.

그대, 나를 지켜주오,
바다가 될 수 있게
구불구불 파도 넘어
바다가 될 수 있게

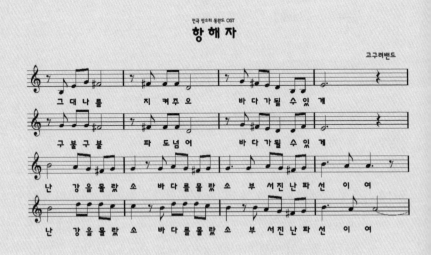

56

나, 강을 몰랐소

바다를 몰랐소

부서진 난파선이여

나, 강을 몰랐소

바다를 몰랐소

부서진 난파선이여

그대 나를 지켜주오

바다가 될 수 있게

구불구불 파도 넘어

바다가 될 수 있게

아하, 아하, 그대 날 지켜주오.

공상호   와아, 세상에! 대단하군요. 대단해요!

여자   아름다운 노래네요.

공상호   제발, 아저씨. 부디 자기 몸을 닦아 빛나는 별이 되세요!

남자   어, 갑자기 팬이 생겼구먼. 진심으로 ㄲ마우이.

이때부터 공상호는 관객을 보고 말한다.

공상호가 말할 때 여자와 남자는 흰 석고상처럼 굳어 있다. 조명으로 그들

이 소설 속의 인물임을 강조한다.

공상호 놀랍네요! 아저씨 같은 알코올릭한테서 이렇게 아름다운 노래가 흘러나오다니! 놀라워요! 게다가 사랑이란 그 두 마디 말이란! 유치하다면 정말 유치했는데, 알 수 없는 일이네요. 설탕이 검고 뜨거운 커피 속으로 용해되듯, 한 방의 이상한 말로 소란스런 소동이 잠잠해져버렸으니. 정말 신기한 일입니다! 노래든지 사랑이든지 이 모든 아름다운 것들은 어느 세계로부터 오는 것인가요?

공상호의 말이 끝나자 두 사람은 주섬주섬 짐을 챙긴다.

남자 여보, 기차를 놓치기 전에 서두릅시다.

여자 그래요.

청년, 나 갈게. 하룻밤을 천일 밤처럼 보냈네.

공상호 저도 그래요.

여자 이제 책만 보지 말고 사랑도 해야 되지 않겠어?

공상호 정규직부터 찾으려고 해요.

여자 좋은 생각이야.

남자 참, 우리 이름도 모르고 헤어질 뻔했네!

공상호 네, 공상호라 합니다.

남자 한심해라고 하지! 물론 예명이야. 큰 한, 깊은 바다라는 뜻이야.

여자 나는 순월이야. 금순월!

공상호 알고 있습니다. 책에 나오는걸요.

여자 무슨 책? 아직도 머리가 띵~ 한가? 미안해! 소란 피우다가 저

이가 실수해서.

남자 그래, 자넨 아까부터 이상한 소리를 하더군.

공상호 아, 네, 그게 사실은……

여자 혼자 살아서 그런지, 먹는 게 부실하던데? 빈혈을 조심해야 할 거야.

공상호 걱정 마세요. 달라질 겁니다. 아저씨도 그러실 거구요.

여자 (남자를 보며) 이이도 그럴까?

공상호 그럼요.

여자 또 되풀이하지 않을까?

공상호 또 되풀이되겠죠.

그 말에 남자는 고개를 절레절레 흔든다.

여자 (고뇌스럽게) 그렇다면?

공상호 하지만 새 생명이 올 테니까요. 그가 가져올 변화를 기대해보죠. 그리고 아저씨는 아름다운 노래를 부를 줄 아는 남자잖아요? 아름다운 노래는 아름다운 사람에게서 나오니까요.

여자 그걸 믿어도 될까?

남자 믿어줘. 진심으로!

공상호 몸과 마음을 다해서 믿어야죠. 예술이 아저씨를, 아니 우리를 바꿀 수 있도록 말입니다. 무엇보다도 시간이 아직 주어졌으니까요.

여자 그래, 우리에겐 아직 시간이란 선물이 주어졌지.

공상호 네, 그 시간을 잘 살아야겠죠.

남자 나두 그 시간을 잘 살려고 노력할게.

여자 그럼. 청년, 행운을 빌어!

공상호 저도요.

남자는 먼저 출구로 간다. 여자가 뒤따른다.

남자 서둘러 갑시다.

여자 청년, 그럼 잘 지내요.

두 사람은 짐가방 들고 무대 밖으로 걸어간다. 그들은 잠깐 석고상처럼 굳어진다. 여자 등 뒤로 영상이 비춘다. 태아의 가느다란 목소리가 들려온다.

태아 고마워요, 아저씨!

공상호 (독백조로) 그럼, 아이야, 잘 가…….

공상호는 덩그마니 홀로 옥탑방 마당에 남겨진다.

에필로그

공상호 멍하니 방 안에 서 있다. 그러다가 정신이 든 듯, 어제 끝냈던 소설 책을 찾는다. 책은 빗물에 젖어 물기를 먹었는지 축축하다.

공상호   (독백) 어, 이 책이 젖어 있네.

그는 젖은 책을 조심스레 들어 가만히 책장에 올려놓는다. 제사를 지내듯 공손한 몸짓으로 절을 한다.
그러고는 책 더미에서 책 한 권을 골라 집어 든다.
공상호는 아주 천천히 새 책의 첫 장을 펼친다.

공상호   아, 혼자서 꾼 꿈은 환상으로만 남아 있을 뿐이지. 그래, 나도 언 젠가 누군가와 함께 꿈을 꾸기를 기다려야지……. 누군가가 내 심장의 문을 똑똑 두들기며 나의 삶에 개입할 때까지……. 그때 까지는…….

공상호는 책 위에 양초를 올려놓고 성냥으로 불을 켠다.

그리고 책을 보고 나직하지만 명료한 목소리로 말한다.

공상호 흠, 나이기도 한 너, 생일을 축하해!

— 조명이 꺼지고, 빗소리 세차게 들려온다 —

복제인간 1001

등장인물

예술이 : 클론, 19세 청년

아버지 : 경비원

어머니 : 주부

별이 : 여자친구

하 박사 : 생명연구소 소장

오 대표(IT CEO) : 한국 IT 분야의 개척자

님 : 인간 복제를 거부하는 세력의 대표

오른손과 왼손 : 님의 추종자들

마술사

무대 설정

연극의 시점을, 황우석 교수가 동물 복제 실험에 성공했던, 새로운 밀레니엄 2000년에 예술이가 탄생했다고 상정한다.

무대 양편으로 거울이 서로 맞보도록 설치한다. 따라서 거울의 허구적 세계 안에서 등장인물들이 무한대로 펼쳐지고, 관객들은 어느 게 진짜인지 혼돈스러운 느낌을 가진다.

프롤로그

무대 : 주변은 캄캄하고 음악이 배경으로 들린다.

슬픈 피에로 얼굴을 가진 마술사가 모자를 쓰고 흰 장갑을 끼고 지휘봉을 들고 등장하여 관객에 등을 돌리고 선다. 무대 뒤에는 빔 프로젝터 영상이 있다.

그는 영상에다 창조 행위를 한다. '빅뱅'부터 시작하여 그것이 폭발하고, 거기서 우리은하를 끌어당기고, 이어서 태양을 만들고, 거기서 떡처럼 떼어내서 달을 만들고, 선을 그려 은하수 별무리를 만들어낸다. 이 과정이 차례대로 무대에 설치된 화면에 비춰지고, 서서히 푸른 별 지구가 떠오른다. 그가 떠오르는 지구를 손가락으로 가리키며 중얼거린다.

마술사　우리가 여기 살고 있지.

그는 지구 속으로 걸어 들어가는 시늉을 한다. 호흡을 불어서 바람을 일으키고 나무와 풀을 만들어낸다. 지휘하려는 몸짓을 하다가, 흰 장갑을 낀 손으로 불쑥, 꽃 하나를 꺼낸다.

마술사　(고개를 관객에게 돌리며) 아름답죠? 그죠?

다시 지휘하려는 듯하다 새를 끄집어낸다. 퍼드덕, 새를 날려 보낸다.

마술사　(허공으로 키스를 보내며) 자유롭죠? 아닌가요?

앞의 행동을 반복하다가 이번엔 강아지를 끄집어낸다. 컹컹댄다.

마술사　(발길질로 강아지를 차면서) 시끄럽다, 이놈아!

※새나 강아지의 출현은 실제로가 아니라, 소리만으로 또는 영상으로 대체할 수도 있다.

그는 곧 한 손으로 프로젝터 영상에서 태양과, 달과, 은하수를 모두 지운다. 그런 후 관객을 보며 선다. 그의 뒤로 나무들이 생겨나 가지들이 뻗어나고 끊임없이 다양한 무늬들이 나타난다. 숲에서 나온 붉은 나비들이 그의 심장 근처를 날아다닌다.

마술사　한 번도 같은 건 없죠. 한 번도! 한 순간도! Never, Ever!

마술사는 다시 관객으로부터 등을 돌린 채, 뭔가를 반죽하듯 만들다가, 다시 뭉개며 어떤 작업에 땀을 뻘뻘 흘리며 애쓴다. 마침내 어떤 형체를 만드는 데 성공한다. 호모사피엔스다!

마술사　(혼자 중얼댄다) 이건 좀, 골치 아프겠는걸?

그 순간, 무대에서(화면에서) 마술사와 똑같은 사람 하나가 튀어나온다. 조명이 그의 놀란 얼굴을 동그랗게 비춘다. 그는 반은 검고, 반은 흰, 스파이더맨 의상을 입고 있다.

마술사 (깜짝 놀라며) 어이쿠, 넌 뭐냐?

피조물 (휘둥그레 주위를 둘러보며 감탄한다) 와아~~ 와아~~

미술사 너는 어디서 온 거지?

피조물 (계속 두리번거리며 좀 어리벙벙하다) ————

마술사 말은 할 줄 아는가?

피조물 (고개를 끄덕인다) ————

마술사 그러면 말하라! 누구이고, 어디서 왔는지?

피조물 그런 너는 누구냐?

답이 너무 뜻밖이라 마술사는 흠칫 놀란다.

마술사 (더듬거리며) 으으, 그그, 나는 나야. 그러니까, 난 창조자이지. 너는 내가 만들어낸 창조물이고.

피조물 어, 뭐라구? 야아, 지금이 어느 시대인데 속이려는 거야! 그게 통할 줄 알아? 원래 너……어~는, 내~가 만들어낸 거지. 그러니 내……가 너외 창조지야, 정신 차려! 인마!

피조물이 검지로 권총 모양을 만들어 마술사의 심장을 쏜다. 마술사가 놀라 뒤로 자빠진다.

마술사 헉, 이럴 수가! 어, 어, 어떻게 이, 이런 일이……?

피조물은 관객을 보며 고개를 갸우뚱한다.

피조물 우습군! 말 한 방에 맥없이 쓰러지다니! 이렇게 나약한 줄 몰랐네? 스스로를 신이라고 허풍을 떨더니만 헛것이었잖아!

바닥에 쓰러진 마술사를 피조물이 부축해서 퇴장한다.

— 암전 —

제1장

시간 : 해 질 녘

장소 : 제주도에 있는 예술이네 집

어둠 속에서 도마 칼질 소리만 들려온다. 이어서 '너는 누구냐'라고 중얼거리는 소리가 들려온다.

아버지   너는 누구냐……는, 후, 아, 유(Who are you), 후, 아, 유? 나는 아버지요……는, 아이 엠 어 파더(I am a father)! 아이 엠 어 파더!

아버지는 도마 소리에 맞춰 무대를 왔다 갔다 하며 교본을 들고 영어를 외우려고 애쓰고 있다. 그는 발걸음을 급격히 90도로 꺾어 북쪽 방향으로 간다. 부엌에서 칼질에 몰두하고 있는 어머니에게 다가가 묻는다.

아버지   (손가락으로 가리키며) 후, 아, 유?

그러고는 대답을 기다리지 않고 스스로 대답한다. 그의 영어 발음은 우스

꽝스럽다.

아버지 아이 엠 어 마더(I am a mother)! 아이 엠 어 마더.

어머니 (칼질하던 부엌칼로 겨냥하며) 이 양반이 미쳤나? 그런 엉터리 영어
일랑 당장 집어치우지 못해요?

그는 머쓱해져서 어깨를 들썩이고 동쪽으로 몸을 튼다. 예술이는 물구나무
를 서고 있다. 거꾸로 서 있는 아들에게 다가가서 묻는다. 여전히 눈은 교
본을 보며.

아버지 (아들을 보며) 후, 아, 유?

이번에도 아버지는 스스로 답한다. 외우려는 듯이.

아버지 아이 엠 어 선(I am a son)! 아이 엠 어 선.

예술이 (물구나무선 채로) 아버지, 절 가만 놔두세요. 지금 저는 어젯밤에
꾼 악몽을 청소, 아니 정화시키는 중이에요. 정말 무서웠거든
요.

아버지 꿈 청소 같은 게 가능한 거니?

예술이 아뇨. 하지만 이럴 수밖에 없네요. 악몽의 기억이 너무 무시무
시해서 좀처럼 제 머리에서 떠나질 않아요. 이렇게라도 하면 머
리가 좀 개운해질까 하고요.

아버지 성공할 것 같지는 않구나! 하지만, 알았다.

그는 잠시 고민하다가 이번엔 남쪽으로 걸어가 관객 앞에 선다. 고개를 갸우뚱한다. 그리고 관객에게 손을 뻗치면서 직접 물어본다.

아버지 후, 아, 유?

예술이 (참다못해) 아이 참, 아버지도! 그렇게 말하시면 안 돼요!

예술이가 물구나무를 그만둔다. 아버지는 영문을 모르겠다는 듯이 순진한 어조로 묻는다.

아버지 왜 뭐가 잘못되었냐?

예술이 '당신이 누구냐'고 묻는 건 실상 쓸데없는 말이죠. 무례하기도 하고요. 누군지는 눈으로 보면 알잖아요?

아버지 그렇지만도 않단다. 눈에 보이는 대로 그대로 믿을 수 있냐? 물어봐야 되는 거지. 안 그러니? 그럼, 이제 네가 해보려무나.

예술이 그러죠. 아버지의 밋밋한 억양으론 사람들이 무슨 말인지 못 알아들을 테니. 누구냐고 물을 때는요, '후(Who)'에 힘을 주며 억양을 높여야 되고, 끝은 올려서 말해야 돼요. 이렇게요, 후우, 아↘유↗?

아버지와 아들이 마주 서서 서로를 가리키며, 후, 아, 유? 연습을 한다. 아버지는 후에다 힘을 주다가, 휴, 휴, 하며, 코믹한 장면을 보여준다.

아버지 휴이~~ 아이~ 유?

예술이 (다시 교정해주며) 아뇨. 후우, 아↘ 유↗?

아버지 아이 엠 어 파더(I am a father), 휴이~~ 아이~ 유?

예술이 아이 엠 어 선(I am a son).

어머니 (부엌칼을 휘두르며) 에그, 혀 꼬부랑 말들이랑 집어치고, 얼른 마늘이나 까줘요.

그때 '딩동' 소리가 대문에서 난다. 예술이가 재빨리 문을 연다. 미니스커트를 입은 별이가 꽃을 들고 나타난다. 치마가 꽃무늬다.

아버지 휴이~~ 아이~ 유?

예술이 아버지, 고만하세요. 별이잖아요! 제 여자친구.

별이 아이 엠 히스 걸프렌드(I am his girl friend).

별이는 아무지게 대답한 뒤, 뒤에 숨겨둔 꽃다발을 예술이에게 내민다. 꽃무늬가 같아서 마치 요술처럼 치마에서 꽃다발을 꺼내는 착각을 준다.

별이 해피 버스데이!

예술이 고마워, 별이야.

두 사람이 가볍게 포옹한다. 바라보는 어머니가 얼굴을 찡그린다.

어머니 이그, 남세스러워라!

아버지 (마누라 눈치를 흘끔 보며) 으흠, 으흠, 앞으로 예술이가 고생깨나 하겠는걸? 노상 영어로 말하고 지내려면 말이야.

어머니 본인 걱정이나 먼저 하시구려! 괜스레 제주 촌사람의 혀만 꼬부라지겠소!

별이 늙으셔도 배우셔야 돼요.

어머니 넌 웬 참견이냐?

별이 영어를 할 줄 알아야 글로벌 맨이 되죠. 출세의 징표이기도 하
구요.

어머니 쯧쯧. 말세의 징표이지. 요즘 젊은 것들은 제나라 말 귀한 줄은
모르고 영어 사대주의에 빠져뿌렸으니.

별이 영어를 잘해야 취직도 되고요. 영어를 잘해야 유학도 가고요.
영어를 잘해야…….

어머니 에구, 알았다. 니들이나 씨부렁거려라.

아버지 별이 말이 맞아요. 이제 우리도 영어를 배워야 된다오. 요즘 길
거리 간판을 좀 봐요. 온통 알아먹지 못할 말뿐이니. (영어 교본을
들여다보며) 후, 아, 유? 아이 엠 어 파더……, 후, 아, 유? 아이 엠
어 마더…….

아버지는 다시 책자를 들여다보며 영어로 중얼거린다. 어머니 참다못해 소
리를 꽥, 지른다.

어머니 영감! 얼른 이리 와서 마늘이나 까주시고, 예술이 너는, 여행 짐
이나 후딱 싸놓아라.

아버지 네이, 마누라님

아버지는 즉각 군인 경례를 한다. 곧장 부엌으로 가려 한다. 반면 예술이는

별이와 슬그머니 자기 방으로 가다가 문득 걸음을 멈춘다.

예술이　참, 그런데…… 이렇게 넷이 모여 있으니까, 어젯밤 악몽이 다시 생각나네요! 정말 무서웠어요. 꿈에 제가 살해당했거든요.

아버지　우우, 그거 끔찍하구나.

예술이　진짜 끔찍했어요.

어머니　누가 널 그랬는데?

예술이　말하기가 좀…….

별이　꿈인데 어때?

예술이　아버지, 어머니, 그리고 너였어!

모두　(동시에 놀라며) 뭐, 우리가?

예술이　네. 아버지, 어머니, 별이, 셋이서 저를 밀어 벼랑에서 떨어뜨렸어요. 게다가 구경꾼들이 구름처럼 우르르 모여들더니 추락하는 절 보고는 박수를 치는 거예요. 서커스 곡예라도 보는 것처럼요. 환호성을 지르기까지 하더라고요. 등골이 오싹했어요.

어머니　그거 참 해괴하구나. 니가 평소에 이상한 것만 생각하니 꿈도 그따위 괴기스런 꿈이나 꾸지.

아버지　꿈이지만 왠지 좀 미안하구나.

어머니　꿈인데, 미안하기는 뭘 미안해요? 얼른 네 방으로 가서 짐이나 싸라.

예술이　어머닌 왜 갑자기 화를 그리 내시는 거예요?

어머니　한심해서 그렇다. 생일날에 죽는 꿈이나 꾸고! 재수 없잖어!

별이　흠, 이상하네요. 예술이네는 식구는 단출한데 갈등이 무척 많군

	요. 우리 집은 자그마치 할머니, 아빠, 엄마, 삼촌, 고모, 오빠들로 노상 붐벼도 늘 조용하기만 한데…….
어머니	넌 갑자기 무슨 가족 자랑이냐? 그거야 너네 집이 식당일로 눈코 뜰 새 없이 바쁘니, 그럴 수밖에.
별이	식당이 아니라 레스토랑으로 불러주세요.
어머니	야야(애)~, 그게 무슨 레스또랑이냐? 식구끼리 하는 제주도 향토 음식점을? 그리구 그런 조용한 집안의 아가씨가 왜 이따금 가출을 하는 거지?
별이	글쎄요, 세상엔 돌연변이도 있어야 하고, 희생양도 필요하죠. 우리 집 어른들이 나의 종교에 간섭하지만 않았다면…….
어머니	니 종교는 뭔데?
예술이	어머니, 제발 별이한테 좀 잘해주세요.
어머니	야야, 이 정도면 엄청 잘하는 거다.

아버지가 갑자기 호루라기를 분다. 그는 축구 심판이 선수들의 싸움을 중재라도 하듯 양팔을 크게 벌린다. 한 손엔 여전히 영어 교본을 든 채.

아버지	잠깐!
어머니	에구머니, 간 떨어지겠네! 왜 갑자기 호루라기를 불고 야단이오? 당신이 무슨 축구 심판이나 되슈?
아버지	오늘은 예술이 스무 번째 생일이잖우? 예술이가 유학 가기 바로 전날이구. 우리 좀 행복하자구우.
어머니	(다시 도마질하며) 그래서 내가 지금 칼질을 하고 있는 거 아녜요?

새삼스레 무슨 뒤늦은 생색을?

아버지 예술아, 이따가 손님들이 많이 오기로 했단다. 생명연구소 소장님도 오시지.

예술이 하 박사님요?

아버지 그래, 너를 지금껏 후원하신 분.

어머니 고만들 흥분하시구랴. 그나저나 이제 당신이 솔직히 털어놓겠다고 말하지 않았수?

아버지 으흠, 그건 그랬지.

어머니 빨리 말해요. 어차피 당신이 시작한 일이니까.

예술이 뭔데요, 아버지?

아버지 으흠, 으흠, 그게 말이다. 그그 그게.

예술이 네, 무슨 말씀을 하시려는데요?

아버지 (계면쩍은 듯이) 으흠, 그게, 그게 말이다. 으흠, 조금 이따가……

어머니 이그, 속 터져라. 당신 땜에 속 터져 내가 먼저 죽을 거요.

아버지 무얼 그리 극단적인 말을…….

예술이 아버지, 뭐 불편한 게 있으세요?

아버지 아니다, 넌 짐은 다 싸놓은 거니?

예술이 금방 할게요. (별이를 뒤돌아보며) 내 방으로 가지 않을래?

별이 그러지 뭐. 여기서 뭐 할 일도 없는데…….

어머니 아이고 야야, 니네들은 우릴 좀 도와주지 않구, 왜 허구한 날 만나기만 하면 방으로만 가려는 거냐?

예술이 젊었을 때, 어머니도 그랬지 않았을까요?

어머니 내가 그랬는지 기억은 이미 사라졌다.

아버지 난 기억하지, 그때를.

어머니 (부엌칼을 들며) 우리 그냥 하하, 웃으십시다.

예술이와 별이는 거실에서 나간다. 이때부터 A(거실)와 B(예술이의 방)의 장면이 교차되면서 교대로 보여준다. 조명으로 강조함.

(B 예술이 방) 조명이 켜진다. / 예술이와 별이는 나란히 창문턱에 걸터앉아 이야기한다.

별이 너랑 결혼하면 시집살이 고되겠다아.

예술이 에이, 요즘 누가?

별이 그래도 왠지…….

예술이 아니, 왜?

별이 (거실 쪽을 보며) 너의 엄마 말야. 늘 삐쭉 뾰쪽하시잖아?

예술이 (고개를 저으며 부드럽게 웃는다) …….

별이 너의 엄마 계모 아니니?

예술이 아니. 근데 너, 거기(거실 쪽) 말고, 이리 날 좀 봐.

별이 널?

예술이 응, 오랫동안 못 만날 거잖아?

별이 그래서……?

예술이 그래서…….

두 사람은 서로를 바라본다. 키스하려고 서서히 다가간다.

그 순간 쨍그랑 소리와 아악 비명 소리가 들려온다. 둘은 깜짝 놀라 멈춘다. ― 조명 OUT ―

(A 거실) 조명이 켜진다. / 음식 준비로 부산하던 중, 아버지가 넘어지는 바람에 테이블에 놓였던 접시가 떨어지고 다금바리가 튀어나와 바닥에 떨어진 것이다.

어머니 (바닥에 자빠진 채로) 으악, 이게 뭐여? (손으로 집으며) 에구머니나! 이게 누구 머리여? 자바리 아녀?

아버지 아니, 이 사람아! 자바리가 아니라 다금바리지. 내가 예술이를 위해 특별히 준비한 거여.

어머니 이그그, 주책바가지. 이젠 난 지쳤다고요! 쟤가 떠나고 나면 우린 수입도 없잖아요!

아버지 왜에? 난 계속 연구소 경비원으로 일할 수 있는데…….

어머니 이그, 그 쥐꼬리만 한 수입으로 가지고 누구 입에 풀칠하겠수?

아버지 지금까지 잘 지냈으면 앞으로도 걱정 없을 거요.

(B 예술이 방) 조명이 켜진다. / 예술이와 별이는 손을 잡고 있다.

예술이 나는 종종 내가 누군지 모르겠어.

별이 그거야 누구나 그렇지 뭐.

예술이 그런 뜻에서가 아니라……. 사실 난 부모님과 전혀 닮지 않았지. 외모도, 성격도……. 아버진 날 각별히 사랑해주시지만 난 왠지 내가, 뭔가 빠진, 뭔가 모자란 것만 같이 느껴져. 뭔가 비정상적이라는 생각을…….

별이　왜 그런 생각을 하는 건데?

예술이　딱히 이유는 없어. 그냥 그렇게 느껴져. 고독하다는 생각도 자꾸 들고. 너한테만 말하는 건데, 실은 어젯밤만 아니라 매일 밤 악몽을 꿔.

별이　꿈이란 다 개꿈이야. 넌 늘 너무 과민해.

예술이　글쎄……? 근데 말이야. 꿈에선 모자를 쓴 어떤 남자가 지팡이를 들고 날 따라다녀. 그림자처럼 내게 바싹 붙어서 어딜 가듯 말야. 내 안에 나 말고 다른 존재가 존재하는 것 같고, 내가 만들어내는 것 같기도 하고. 혼란스러워. 이런 말은 별이 너한테 처음 하는 거야.

별이　기이하긴 하다! 근데 그거 신 아닐까?

예술이　글쎄……?

별이　왠지 신처럼 들리는데, 엄격하고, 야단치고, 심판하는.

예술이　아냐, 아니야. 아까 말했잖아. 아주 구체적인 모습을 띠고 있다고. 신사 모자를 쓰고 지팡이를 들고.

별이　에이, 그런 거 자꾸 생각하지 마. 적어도 오늘만은!

예술이　그래. 미안해, 별이야.

별이　너, 떠나 있어도, 난 저 달처럼 널 기다릴 거야.

예술이　넌 별이잖아. 나의 별! 달은 늘 보양을 바꾸는 거구.

별이　까다롭기는! 그러면 태양도 별이니까, 변함없는 태양처럼 기다려 줄게…….

둘은 키스를 하려고 서로에게 다가간다. 으악, 소리가 거실에서 들려온다.

(A 거실) 조명이 켜진다. / 어머니가 망가진 생일 케이크를 들고 울상이다. 아버지가 뒷걸음치다 밟은 것이다.

어머니 에구머니, 이를 어쩌나! 이 귀한 생일케이크를? 아이구, 아이구.

아버지 (뒤로 물러서며 어쩔 줄 모른다)

어머니 이그, 이 주변머리 없는 영감 같으니라고! 오늘따라 도무지 웬일이요?

아버지 (망가진 케이크를 보며 아까워한다) 미안하이. 다른 거라도 사 올까?

어머니 그냥 놔둬요. 돈도 돈이지만 시간이 없으니. 분명히 여섯 시에 하 박사가 오긴 올 거죠? 오늘 우리도 계약이 끝나는 날이잖아요.

아버지 그렇지.

어머니 뭐가 그렇지, 예요! 이십 년간이나 이 일을 하는 게 쉬운 줄 아세요? 나도 이제 목돈이 생기면 외국 여행이라도 가고 싶어요.

아버지 으응.

어머니 내 말 제대로 듣고 있는 거요? 하 박사한테 우리가 요구할 것은 당당히 요구해야 돼요. 이번 기회를 놓치면 끝장이에요. 알아들었죠?

아버지 으응. 예술이는 앞으로 어떻게 될까?

어머니 그 애도 이젠 성인이에요! 무슨 일을 하든 말든, 나중에 하 박사의 일을 이어가든 말든, 우리가 알 바는 아니잖아요!

아버지 그렇기는 해도.

(B 예술이 방) 조명이 켜진다. / 별이는 예술이의 어깨에 머리를 기대고 있다. 둘은 키스하려 하지만, 그때 딩동 소리가 난다. 이윽고 예술이를 부르는 소리가 들린다.

별이   아무래도 안 되겠다아.

예술이   그래, 안 되겠다.

별이   손님이 많이 오시면 번거로울 텐데, 난 집에 갈까?

예술이   아니. 가지 말구 나랑 더 있어줘.

별이   알았어. 근데, 있지, 사실 나, 너한테 꼭 할 말이 있는데…….

예술이   뭔데?

별이   놀라지 마, 내 고백을 듣고. 약속해줘. 응?

예술이   왜 그래? 무슨 말인데? 언제 내가 약속한 것들을 지키지 않은 적이라도 있어? 별이답지 않게 그리 심각한 표정인 거지?

별이   있지……, 으흠, 으흠, 그러니까 나는……,

예술이   (미소를 지으며) 별이가 심각한 건 첨 본다. 지금 넌, 조금 아까 우리 아버지처럼 행동하고 있잖아? 뭔가 전염이 되었나? 웬일들이야? 오늘따라?

별이   사실은 내가, 너를…….

대문에서 딩동, 딩동 소리가 또 들려온다.

별이   ……내가 너를, 만나지 못해도 영원히 사랑한다는 거 잊지 마! 응?

예술이 그렇게.

별이 내 마음을 잘 기억해줘. 응? 어떤 일이 있더라도.

예술이 아무것도 우릴 떼어놓지는 못해. 안 그래? 유학 기간이 그다지 길지는 않을 거야. 방학 때면 다른 학생들처럼 다시 올 거구. 그리고 장차 결혼하게 되면 같이 있을 수도 있고…… 그러니까…….

별이가 예술이를 와락, 껴안는다. — 조명 OUT —

(A 거실) 조명이 켜진다. 하 박사가 등장한다. 어머니가 호들갑을 떨며 하 박사를 맞이한다.

어머니 아이고, 박사님, 이렇게 먼 길을 오시다니!

아버지 이렇게 누추한 저희 집을 방문해주셔서 감사합니다.

하 박사 인사치레들일랑 생략하게나. 급한 일이 생겼다네!

아버지 (놀라며) 네?

어머니 (놀라며) 무슨 일이죠, 박사님?

하 박사 예술이를 좀 빨리 불러주게. 서둘러야 되니.

어머니 오랜만에 어렵게 오셨는데, 재킷이라도 벗으시고 천천히……. 저희도 각별히 드릴 말씀도 있고요.

하 박사 아, 이런! 말귀를 못 알아먹어서야! 예술이를 불러줘요!

아버지 (어쩔 줄 모르며) 아, 네, 네, 네. (두려워하며) 얘야, 예술아!

(B 예술이 방) 예술이를 부르는 소리에, 울음을 참는 듯한 별이는 고개를 끄덕이고, 두 사람은 손을 잡고 서서히 거실로 걸어간다.

(A 거실) 예술이가 거실로 앞서 들어오고, 별이가 그의 뒤를 따른다. 하 박사는 대면을 피하려는 듯한 별이의 태도를 유심히 바라본다.

예술이 아버지, 부르셨나요?

아버지 소장님께 인사드려라.

예술이 (인사를 꾸벅 하며) 여러모로 감사를 드립니다. 이번 유학 건에 대해서도요.

하 박사 으음, 그사이 많이 성장했구먼.

예술이 오늘, 스무 살이 됩니다.

아버지 내일, 드디어 유학 가요.

하 박사 그거야, 누구보다 내가 잘 알지. (머뭇거리며) 근데, 말이다.

어머니 박사님, 저희는 저희대로 그동안 최선을…….

하 박사 (짜증을 내며) 나도 다 생각하는 바가 있어요! 그러니 제발 호들갑 좀 떨지 마시고!

어머니는 금방 주눅이 든다. 그의 아버지는 하 박사 앞에서 하인처럼 다소곳이 서 있다.

하 박사 (예술이를 보며) 긴 얘기는 생략하세. 자넨 나하고 속히 떠나야겠어.

예술이 (놀라며) 네에?

별이   (더 놀라며) 아니, 벌써요?

하 박사는 별이를 이상하게 쳐다본다. 예술이는 아버지 쪽으로 고개를 돌린다. 눈치를 챈 아버지는 조심스레 말을 꺼낸다.

아버지   저어, 박사님, 어차피 내일이면 예술이가 서울로 갈 텐데요. 이미 비행기 예약이 되어 있⋯⋯.

하 박사   기다리기 어렵소. 대표님께서 건강 상태가 안 좋으시다네.

아버지   아, 네.

하 박사   (예술이를 향해) 자네를 놀라게 하고 싶진 않네만. 으흠, 으흠. 허나, 대표님은 자네가 떠나기 전에 꼭 만나뵈어야 할 분이신 데다가, 지금까지 자네 교육을 후원해주신 분이시지 않는가? 이렇게 갑작스러운 건, 그가 췌장암 말기야. 췌장암, 그러고 보니 이것마저도 스티브 잡스와 같군. 아무튼 자네가 영국으로 떠나기 전에 잠깐이라도 만나고 싶다는 요청 때문이라네. 이해해주게나.

아버지   어서 가거라. 그분이 아니면 오늘 네가 어찌 있을 수가⋯⋯. (말을 우물거리며 끝내지는 못한다) 짐은 내가 나중에 부칠 테니.

예술이   알았습니다. 방에서 백팩만 가져오겠습니다.

예술이는 몸을 돌려 자기 방으로 가려다가 별이를 잠깐 쳐다본다.

별이   난 여기 있을게.

세 사람만 거실에 남는다. 어색한 분위기. 서로의 눈을 피한다. 별이가 난데없이 입을 열어 하 박사에게 묻는다.

별이 내일인 줄 알았는데, 오늘이라고요?

어머니 그렇다면, 소장님, 그간 밀린 비용은……? 그건 아직 해결이…….

아버지 여보, 좀 가만히 있어요.

어머니 아, 아니죠. 그건 우리에겐 중요해요, 박사님. 우리도 먹고살아야 하니까요.

하 박사 조만간 연락이 갈 거요. 기다리시오!

아버지 잘 알았습니다.

아버지는 몸을 굽혀 인사한다. 어머니는 불만을 표하며 애꿎은 남편에게 눈을 흘긴다.

어머니 이그, 바보 같은 양반 같으니라고! 속 터진다. 속 터져! 줄 건 주고, 받을 건 받아야지. 뭘 그리 흐리멍덩해요. 부탁받은 아이를 키우느라고 내 삶이 통째로 날아가도 그저 알았습니다 하면, 그만이에요? 내가 이래서 속 터져 죽는다니까.

아버지 제발 조용해욧!

백팩을 메고 돌아온, 예술이가 번개 맞은 나무처럼 움직이지 않고 서 있다.

예술이 어머니, 그게 무슨 말씀이신가요?

어머니   박사님도 여기 계시니까, 이제 너도…….

아버지   당신 입 닥치지 못해!

하 박사   (개입하면서) 그럼 우린 이제 떠나겠소. 할 말과 할 일을 다 했으니. (예술이 부모를 향해) 자네들을 또 볼 수 있기를! 운명이 허락하면 말일세.

예술이는 석연치 않은 시선으로 별이를 뒤돌아본다.

예술이   걱정 마, 별이야! 곧 연락할게.

예술이는 하 박사를 따라 퇴장한다.

어머니   이제 우린 어쩌죠? 속았잖아요!

아버지   닥쳐! 예술이를 위해, 제발 그 입 좀 닥쳐줘!

아버지는 소리를 지르며 동시에 쥐고 있던 영어 교본을 바닥에 내팽개친다. 옆에 서 있던 별이는 슬픔을 이기지 못해 풀썩 바닥에 주저앉는다.

— 무대가 어두워진다 —

제2장

시간 : 9 p.m.

장소 : 서울에 있는 고층 펜트하우스

무대 : 반원의 흰색 공간

거대한 펜트하우스에 지팡이 짚은 노인이 홀로 서 있다. 배경으로 마천루들이 보인다. 하 박사가 앞서 들어오고 그 뒤를 따라 예술이가 등장한다.

하 박사 늦었습니다. 대표님.

IT CEO 어서 오시오, 나의 영원한 동지.

하 박사 바로 이 젊은이입니다.

IT CEO 그래, 자네군. 정말 반갑소. 옛 추억이 흘러오는구면.

하 박사 그러면 전 여기서…….

IT CEO 고맙소. 그런데 웬일이오? 세월이 위대한 과학자의 얼굴을 많이 상하게 했나 보군. 하긴 나도 이제는 많이 쇠약해졌지만. 아무튼 궁극적인 승자는 시간인 게 확실하구려.

하 박사 그런 것 같습니다. 그럼에도 우리가 원하는 미래는 반드시 올 겁니다. 걱정 마십시오. 그러면 전 물러가겠습니다.

IT CEO   수고했소.

하 박사 퇴장한다.

IT CEO   (당황하는 예술이를 보며) 이보게, 청년. 그렇게 **뻣뻣하게** 서 있지 말고 이리 가까이 오게나.

예술이 노인을 바라보다 소스라치게 놀란다. 그런 후 쇼크를 받은 듯 움직이지 않고 서 있다.
(여기서, 두 사람이 쌍둥이처럼 신체적으로 똑같다는 것을 반드시 보여주어야 함. 오직 나이만 다를 뿐. 머리스타일, 키, 손, 발, 이따금 제스처도 똑같은 이미지로 처리해야 함)

예술이   어, 어, 어떻게, 이, 이, 이런 일이?

IT CEO   으흠, 놀란 것 같군! 그래, 놀라지 않을 수 없겠지. 자넬 만나니 나도 떨리는구먼. 하지만 우린 그다지 할당받은 시간이 많지 않다네.

예술이   (두려워하며) 당신은 누구신지요?

IT CEO   우린 똑같은 유전자를 나누어 가졌다오.

예술이   똑같은?

IT CEO   그렇소, 똑같은.

실내가 어두워지며 조명은 두 사람의 얼굴을 강조한다. 허공에 얼굴만 떠

있는 듯한 느낌을 준다.

예술이 믿기지 않네요. 믿어지지 않습니다! 어떻게 이토록 서로 닮을 수가 있죠? 당신 얼굴이며, 당신 눈빛이며, 당신 목소리며. 당신의 두 손…… 이토록 닮아 있다니! 제 착각인가요? 제가 꿈을 꾸고 있는 건가요? 혼란스런 악몽을…….

IT CEO 아닐세. 이건 명명백백한 현실일세. 우린 서로,

예술이 똑같은 유전자를 나누어 가진? 그러면 우린 가족인가요?

IT CEO 아닐세.

예술이 분명히 제 아버지는 아니시고요?

IT CEO 아닐세.

예술이 (울음을 참으며, 독백하듯) 나는, 그러면 나는?

IT CEO 듣자 하니, 생명공학도가 되고 싶어 한다지? 좋은 생각이네. 하지만 그런 지식이 없더라도.

예술이 어떻게 이런 일이? 나는, 당신의 뭐가 되나요?

예술이 울음을 터트린다. 노인은 한참을 말없이 서 있다.

예술이 (울부짖듯이) 솔직히 말해주세요. 진실을…….

IT CEO 이십여 년 전이었지. 하 박사가 동물 복제에 성공했던 때였네. 세상은 필사적으로 그를 반대했네. 몇몇은 제주도에 은신해서 일을 이어갔지. 그들은 후원을 필요로 했고 나는 기꺼이 자금을 댔지. 난 가족도, 후손도 없네. 그래선지 나는 나에게 생명을 남

겨주고 싶었네. 난 단지 미래의 추억을 남기고 싶었지. 우여곡절 끝에 우린 성공했고 누군가가 이 생명에게 예술이란 이름을 붙이자고 주장했지.

예술이 아, 그러니까 제가 당신의 '복제양 돌리' 군요. 세간에서 말하듯이 저는, 당신의 부품 대용인가요?

IT CEO (강력하게 고개를 저으며) 오, 오! 전혀, 아닐세! 그건 절대 아니네!

예술이 뭔가 잘못 빚어진 데는 없었나요? 뭔가 비정상적이진 않았나요?

IT CEO 쇼크 때문에 흔들리는 모양인데, 그건 누구보다도 자신이 잘 알고 있지 않나?

예술이 제가…… 당신의 부품 대용이 아니라는 말씀이시죠?

IT CEO 난 자네가 나라고 생각하진 않아. 똑같은 유전자를 나누었다 하더라도. 자넨 독자적인 영혼을 가진 인간일세!

그때 펜트하우스의 실내가 갑자기 밝아진다.

예술이 그러나…… 전, 인위적으로 조작된 생명이잖아요? 어머니 아버지의 사랑으로 이루어진 생명이 아니잖아요?

IT CEO 왜 그렇게만 생각하는가? 자넨 다른 방식으로 세상에 왔을 뿐이야.

예술이 제가 보통 인간과 다르지 않다는 말이죠? 그렇죠?

IT CEO 그러네. 자넨 타인들과 하나도 다를 것 없네. 어떤 그리스 신은 허벅지에서 태어나고, 또 어떤 신은 제우스의 머리에서……. 그런 의미에선, 자네는 최초의 인간인 아담과도 같지.

예술이 하지만······.

IT CEO 인류는 아직 지혜의 수도꼭지도 틀지 않았다네. 멀지 않은 미래에는 필연코······.

예술이 하지만 그동안 왜 아무도 내게 말해주지 않은 거죠? 왜죠? 어떻게 이럴 수가?

IT CEO 그럴 수밖에 없었다네. 혹시라도 노출되면, 누군가 알게 되면, 우리 둘 다 목숨이 위태로웠지. 이해해주게나.

예술이 (독백하듯) 오오, 당신들은 무슨 권리로 나를······?

IT CEO 우린 두려웠어. 우리조차도 믿을 수 없는 일이 일어난 거야. 그 어떤 혁명보다 더 엄청난 일이었네. 우리 일은 늘 추적당했지. 사방팔방 비난들뿐이었어. 알려졌다면 죽음을 면치 못했을 거야. 우린 자네를 아주 평범한 부부에게 맡길 수밖에 없었지. 전통을 위장하는 세력들의 반대가 보통이 아니었거든. 그건 지금도 여전하다는 걸 기억해두게나.

예술이 네에?

IT CEO 두려움 때문이겠지만 상당히 적대적이라네. 그래서도 난 자넬 간절히 만나고 싶었네. 이 늙은이의 진심일세. 믿어주게.

예술이 경제적 후원도 실은 하 박사로부터가 아니었군요.

IT CEO 하지만 하 박사를 통하는 쪽이 안전했지.

예술이 (처음으로 고개를 끄덕이며) 부모님은 늘 고마워하셨어요. 저도 그렇고요.

IT CEO 잘 듣게나. 인간에겐 영혼이라는 게 있지. 아무리 과학자가 개입하더라도, 태어나는 건 미스터리에 속해. 생명이 발화되는 그 순간은 아무도 알 수 없어! 신비에 속하는 일이지.

갑자기 인터폰이 울린다. 여비서로부터 온 것이다. 그녀는 무대에 등장하지 않고 목소리만 인터폰으로 들리게 한다.

비서 대표님, 아마존의 베조스 사장 전화인데 어떡할까요?

IT CEO 이 시간에?

비서 네. 급하다고 하네요.

IT CEO 미루자고 전해.

비서 네, 대표님.

노인은 뒤돌아서서 책상 속에서 자그마한 상자 하나를 꺼낸다.

IT CEO 참, 이건 생일 선물일세. 내 마음이니 받아주게.

뚜껑이 반원처럼 오목하고, 가장자리가 월계수 무늬로 장식된 나침판이다.

예술이 (만지작거리며) 아, 오래된 것 같아요.

IT CEO 그렇다네. 오래전부터 내가 가지고 있던 고대의 나침판이네. 자네는 내일부터 자신만의 항해를 홀로 헤쳐 나가야 될 테니, 필요할 것 같아서…….

예술이 잘 간직하겠습니다.

IT CEO 인생에 목적지란 없는 거지만, 그래도 고달픈 항해에 도움이 된다면 이 늙은이는 한없이 기쁘겠네.

예술이 (맘이 회복된 듯) 몸이 편찮으시다고 들었습니다.

IT CEO 난 전사라네. 트로이가 내일 멸망하더라도 끝까지 지켜야 되지 않겠나?

예술이 모든 것들은 흥망성쇠 속에서 출렁이죠.

IT CEO 모르는 바는 아니네. 한때는 자네가 언젠가 내 사업을 이어가길 바라는 마음도 있었지. 진심이네. 후대의 나이기도 한, 자네가 내가 남긴 과업을 이어간다면, 그것도 아름다운 일이 아니겠나? 그런 명분으로 클론 행위를 시작했지만……

예술이 제게 그 거북스런 왕권을 거부할 수 있는 선택권이 주어져 있나요?

IT CEO 불행히도 그렇다네. 나의 간절함에는 위배되지만.

예술이 존중해주셔서 감사합니다.

IT CEO 트로이 왕국이 목숨처럼 내겐 중요한 거지만, 자네에겐 아닐 수 있다는 걸 깨닫게 되면서부터 알게 되었지. 시간이 지나감에 따라 더 놀라운 사실을 깨닫게 되었는데, 그것은 바로 인간은 저마다 독자적인 영혼을 가진 개인이라는 거였네. 똑같은 DNA를 소유했다고 해서 결코 똑같은 인간이 아니라는 말이지!

여비서의 인터폰이 또 울린다.

여비서 (목소리만) 앗, 대표님, 여기 어떤 사람들이!

갑작스레 정전이 된다. 필름이 끊기듯 갑자기 무대가 캄캄해진다.

제3장

시간 : 자정
장소 : 지하
무대 : 반원의 검은 공간

공간이 바뀐다. 꼭대기가 지하실로, 흰색 벽이 검은색 벽으로 변한다. 이곳은 동굴 같기도, 지하실 같기도, 감옥 같기도 하다

어떤 남자들이 둥글게 반원을 그리며 서 있다. 그들 모두가 손에 촛불을 들고 있어 그로테스크하게 보인다

예술이   ㅇㅇㅇㅇㅇ. 누구들이세요?
IT CEO   흠, 대체 무슨 일이오?

그들은 촛불을 바닥에 놓고 선다. 똑같이 검은 옷을 입고 있고 외모도 닮았다. 가운데엔 님이, 양쪽에 추종자들이 서 있다. 오른쪽 남자가 권위적으로 말한다.

오른손   조용하라! 우린 심판하러 왔다!

왼손   그렇다, 우린 정의를 구현하려고 왔다!

예술이   심판이라고요? 심판을 한다고요? 누굴……요?

오른손   당연히 너희들이지.

IT CEO   불청객들 치고는 허풍이 많군.

예술이   당신들은 누구신데 그런 권리를?

오른손   인류를 구원하려는 이들이다.

왼손   위험으로부터 지구를 구원하려는 이들이지.

예술이   저라는 한낱 개인이 인류의 적이라도 됩니까? 제가 당신들에 무
        슨 해를 입혔나요? 저는 결코 그런 일은 한 적이 없는데요?

IT CEO   당신들이 들먹거리는 그 거창한 죄목이 뭔지 말해보오! 내 귀는
        열려 있으니.

오른손   신을 흉내 내는 건 위험한 일이지.

왼손   인간이 절대 해서는 안 될 영역이지.

예술이   맙소사! 전 신을 흉내 낸 적은 한 번도 없어요. 그저 존재당한 것
        뿐이에요! 그런 저를 왜?

IT CEO   그렇소. 이 젊은이는 죄가 없소.

오른손   닥쳐라! 그가 너의 죄의 증거이고, 그가 네 심판의 축이다.

IT CEO   대체 누구로부터 권한을 받았기에 이리 폭력을 휘두르려는 게
        요?

왼손   우린, 다수의 심부름꾼이다. 우린 신성모독에 관한 한, 절대권
        한을 부여받고 있지. 국가로부터, 여론으로부터, 모두의 두려움
        으로부터…….

예술이   뭐라고요? 무슨 명분이라고요?

오른손   신의 이름으로!

왼손   (그가 합창한다) 아멘!

예술이   아하. 그러고 보니, 당신들이야말로 신을 흉내 내려는 이들이군요.

정곡을 찌르는 비난에 드디어 님이 나선다.

님   (호통을 치며) 듣자하니, 무례하군! 아니, 갈비뼈는커녕, 남자의 정자도 없이! 사랑의 행위도 없이! 우리의 허락도 없이! 감히 생명을 만들어내고, 이게 신성모독이 아니란 말이오?

이번엔 IT CEO인 오 대표가 한 발짝 앞으로 걸어 나와 담대하게 맞선다.

IT CEO   외람되오나, 방금 하신 말씀에 대해 제 의견을 드리자면, 성령의 힘으로 탄생하신 주님께서도 남자의 정자가 필요 없으셨죠? 아닌가요?

오른손   감히 어디다 비유하는 거지?

왼손   불경죄가 얼마나 큰 죄라는 걸 모르는가? 이 무신론자야!

님   (고함을 지르며) 누가 감히 인간의 탄생을 만지작거린다는 거지? 생명의 존엄성은? 희생된 무수한 수정란들은? 이 모든 게 신성모독이야! 끔찍한 죄라고!

님은 성난 호랑이처럼 으르렁 소리친다. 의외로 오 대표는 당당하다.

IT CEO   저희가 한 일은 신성모독이 아닙니다. 저희가 범죄를 저지른 것
도 아니라고 생각합니다. 이미 자연이 오래전부터 보여준 일을
인간이 따라한 것에 불과합니다. 일란성 쌍생아가 그것이고, 식
물의 접붙이가 그것 아닙니까? 미래에 위험이 없지는 않을 겁니
다. 위험이 있다면, 아마 인간의 무분별함이 문제겠지요. 저희
가 한 일은 신성모독과는 가장 먼 거리에 있습니다.

오 대표는 변론을 계속한다. 그의 말이 동굴 속 메아리처럼 울려 퍼진다.

오른손   여전히 말이 많다!

왼손   여전히 죄를 몰라!

님   도대체 당신이 저지는 죄가 뭔지는 아는가?

IT CEO   저는 제가 한 일이 뭔지, 무엇을 의미하는지 잘 알고 있죠. 첨예
하게 의식하고, 기꺼이 선택하고, 정열과 헌신을 다해서 추구했
습니다.

님   흥! 말은 그럴듯하군! 인류의 진보를 추구했었다고? 멸망을 재
촉한 게 아니었을까? 차라리 그만 놔두는 게 낫지 않았을까?

IT CEO   신께서도 새로운 창조를 멈추지 않고 계시지 않습니까? 미래를
막을 순 없는 겁니다. 거역할 수 없는 흐름이니.

님   알아두시오! 어떤 모험이든 대가를 치러야 한다는 걸!

IT CEO   좋습니다. 그러나 당신이 옳다는 것 그게 절대적으로 옳은 게

맞습니까? 끝없는 분기점에서 저마다 선택하는 거 아닌가요?

님 자, 보시오! 당신의 선택이 지금 저 젊은이를 죽음으로 이끌고 있지 않소. 결국은?

IT CEO 생각해보시오. 당신들이야말로, 문명의 흐름에 사사건건 개입하면서도 책임을 다른 데다 던지는 게 아니신가요?

오른손 조금도 굽히지 않는군.

왼손 조금도 죄를 인정하지 않아.

예술이 죄? 죄라니요? 어이가 없군요. 제가 세상에 오겠다고 요구한 적은 없어요. 제가 기억하는 한, 전 그저 여기에 던져진 것뿐이에요. 예기치 않게……. 이유를 모르는 채……. 그건 당신들도 마찬가지 아닌가요? 다른 방식으로 온 것, 그게 죄가 되나요? 다른 방식으로 온 것, 그것 때문에 죽음을 치러야 한다는 말인가요?

오른손 여전히 무례하다!

왼손 여전히 못 알아듣네.

님 네가 말했듯이, 남과 다르게 온 것, 그것이 문제다. 합법적 방식으로 와야지. 너 때문에, 질서가 흔들리고, 너 때문에, 사회가 위험해질 수 있어.

예술이 뭐라고요? 저 때문이라고요?

님 그렇다! 앞으로 어떤 미친놈이 나타나서 생명을 무한정으로 복제해서 전쟁을 일으키면 어떡하겠는가? 우린 그 위험성을 미리 방지하려는 것이다. 어리석은 놈들이 생명을 제멋대로 주물럭대는 것은 매우 위험한 일이지.

오른손 그래서 인간복제란 핵무기처럼 위험한 거야.

왼손　그래서 인간복제란 낙태처럼 불법인 거야.

님　그래서~ 우리가 금하고 있는 거다.

예술이　당신네들이야말로 복사품 아닌가요? 같은 말을 그토록 똑같이 되풀이하는 걸 보니.

오른손　감히 우리를 복사품이라고?

왼손　감히 정의를 비난하다니?

IT CEO　잠깐만! 불평과 비난과 변명은 생략하겠소. 그건 비겁한 자의 것이니까. 하지만 이 젊은이는 죄가 없습니다. 제가 그때의 과학자는 아니었지만 그동안 일어난 일은 제가 책임을 지겠습니다.

님　당신이 책임을 지겠다고? 으하하하. 건방지군!

IT CEO　생각해보시오. 지금까지 인간이 하고자 하는 것을 막아서 성공한 적이 있는지요? 오히려 제가 되묻고 싶습니다. 역사를 돌아보면 말이죠. 물론 엄청 피를 흘렸습니다만······.

님　그렇지, 오랫동안 그래왔지. 아 참, 우린 초면이 아니지 않나?

IT CEO　그렇습니다, 우리 둘 다 중세의 기억을 가지고 있지요.

님　으하하하······ 그렇겠지.

님이 호탕하게 웃는다. 오른손이 형광으로 빛나는 총을 만지작거린다. 님은 그를 제지한다.

님　놔두게나. 섣불리 서둘지 마라.

오른손　더 이상 지체할 수 없습니다.

복제인간 1001

왼손	저들을 풀려나게 할 수 없습니다.
오른손	위험합니다!
왼손	위험합니다!
둘 다	(합창) 저 인간을 신뢰할 수 없습니다!
님	(단호하게) 입 다물게! 함부로 정의하지 말라! 인간이란 모호한 존재다. 땅과 하늘, 해와 달, 선과 악, 각각 절반씩 갖고 있지. 어쩌면 저 젊은이 속에도 신이 존재하는지 모르지. 신은 창조자이시니, 그가 하시는 일은 창조이시니…….
둘 다	신은 창조이시니…….

님이 말을 마치자마자 무대 뒤편으로 가서 두 팔을 벌리고 하늘을 찬양한다. 오른손 왼손도 님을 따라 같은 자세로 스톱모션이 된다. 그들 뒤로 후드를 쓰고 촛불을 든 이들이 둘러싼 것이 보인다. 예술이가 오 대표에게 나지막하게 속삭인다.

예술이	두렵네요.
IT CEO	자넨, 뒤로 물러서 있게. 내게 맡겨주게나!
예술이	싫습니다! 두렵지만 맞서고 싶어요!
IT CEO	이 일은 내 책임일세. 내가 치러야 할 내 몫이지.
예술이	저도 책임지는 인간이 되고 싶어요. 죽음일지언정 기꺼이 선택하고 싶어요!
IT CEO	지금은 아닐세, 지금 자넨 선택할 수 없어!
예술이	아니, 우린 언제나 선택할 수 있죠!
IT CEO	부탁이네. 날 위해서라도 기다려주게, 날 위해서. 이번에도 날

위해서.

예술이   (잠시 말을 잃는다) ·······.

IT CEO   유언일세! 틈을 봐서 출구를 말해줄 테니, 내 말을 따르게.

예술이   ·······그러겠습니다.

IT CEO   기억해두게나. 우리는 저마다의 꿈을 가진 존재라는 걸······.

스톱모션에서 풀려나, 님이 다시 호랑이처럼 으르렁 소리친다.

님   너희들은 들어라! 나는 함부로 선의를 보여주지는 않을 것이다. 코페르니쿠스와 같은 실수를 또 저지르면 위험할 테니······.

오른손   전통을 무시한 자들에게 죽음의 판결을!

왼손   감히 신의 영역을 넘보는 자들에게 죽음을!

님   너희들은 조용하라! 나도 그저 실행할 뿐이다. 각본은 이미 짜여 있고, 결론은 이미 내려졌지. (오른손과 왼손을 가리키며) 자, 이제 너희들은, 저 둘을 데리고 나가줘.

둘은 오 대표와 예술이의 등을 총으로 위협하여 데리고 나가려고 한다. 갑자기 오 대표가 뒤돌아서더니 추종자에게 덤벼든다. 그가 오른손의 총을 뺏는다. 이젠 오 대표가 님과 오른손 왼손에게 총을 겨눈다. 그들은 겁먹고 뒤로 물러선다. 오 대표가 예술이에게 소리친다.

IT CEO   예술아, 저쪽이다! 출구는 저쪽에!

예술이   아, 오 대표님.

IT CEO   빛이 보이는 쪽으로 뛰어라, 아들아!

예술이 재빨리 무대 밖으로 뛰쳐나간다. 셋은 오 대표가 겨누는 총 때문에 꼼짝하지 못한다. 오 대표는 총을 겨누며 한 발짝 한 발짝 그들에게 가까이 다가간다. 오른손과 왼손이 변명하듯 절규조로 외친다.

오른손 우린 사회를 안전하게 지키려는 것뿐이었어!

왼손 우린 상부의 지시를 따르는 것뿐이지!

셋은 여전히 굳어 있다. 오 대표는 서서히 그들을 노리고 있던 총부리를 돌려 자신의 심장에 겨눈다.

IT CEO 내 선택의 책임이오. 하지만 미래는 반드시 내 편으로 흐를 거요.

한 방의 총소리가 들린다. 오 대표가 쓰러진다. 자신의 심장에 스스로 총을 쏜 것이다. 그가 쿵, 바닥에 쓰러진다. 촛불이 일제히 흔들린다. 추종자들이 후다닥 무대 밖으로 뛰어나간다. 촛불 하나만 남는다.

— 침묵 —

멀리서 총성이 탕 탕, 두 번 들려온다. 우리는 예술이가, 죽었는지, 살았는지 확실히 알 수 없다.

— 침묵 —

무대 위에는 쓰러져 있는 오 대표의 시신이 보인다. Max Richter의 〈사라예보(Sarajevo)〉 음향이 들려온다. 비명을 지르는 듯한, 슬픈 애도의 음악이다.

제4장

시간 : 한밤중
장소 : 미지의 곳

프롤로그처럼 조명이 등장하는 배우의 얼굴만을 비추게 한다. 따라서 검은
천에 구멍이 난 듯, 작은 원들이 떠다니는 듯하다. (전체가 보이지 않는 은
폐된 거짓 세계를 엿보는 느낌이다)

어둠 속에서 하 박사가 서류를 들고 등장한다.

님   기다렸소이다.
하 박사   다 해결되었습니까?
님   그런 것 같소. 자아, 받으시오.

님은 하 박사에게 돈을 건넨다. 하 박사는 그에게 복제인간에 관한 의학
자료가 담긴 서류를 준다. 서로 교환이 끝난 후, 하 박사는 한 걸음 뒤로
물러서서 님의 손에 입을 맞춘다.

하 박사 무한한 영광이 있으시길!

님 이십 년간의 훌륭한 실험을 잘 끝냈소. 그 프랑켄슈타인은 딱하게도 자기가 태어난 날에 사라졌소. 마치 존재하지도 않았던 듯이 말이오. 아무튼 인간도 복제가 가능하다는 것을 알았으니, 됐소이다. 우리끼리만 알고 닫읍시다.

하 박사 그러죠. 우리끼리만.

님 그렇소, 우리끼리만!

님은 잠시 생각에 잠긴다. 약간 공백을 둔다.

님 (서류를 가리키며) 난 이 위험한 비밀 기록을 가져가 아무도 모를 곳에 깊숙하게 처박아놓을 거요.

하 박사 당연한 처사입니다. (공손히 절을 하며) 그러면 저는 여기서 이만.

님 잘 가시오. 하 박사!

하 박사는 떠나려다가 문득 걸음을 멈춘다.

하 박사 그런데……, 그들도 만나시겠습니까?

님은 턱을 만지면서 잠시 고민한다.

님 아무래도 그게 좋을 듯하군.

하 박사 알았습니다. 곧 그들을 데려오겠습니다.

하 박사가 퇴장한 것을 확인한 후 님은 분노를 터트린다.

님   흠흠흠, 저놈이야말로 가장 골치 아픈 놈인데. 그 속을 알 수 없
      는 데다가, 어디로 튈지 모르는 럭비공 같은 놈이야. 줄을 끊어
      놔야 하나? 아니면 좀 더 시간을 두고 지켜볼 것인가? 가장 큰
      고민이군!

      하 박사가 아버지와 어머니를 데리고 다시 등장한다. 맨 뒤로 별이가 따라
      들어온다.

      세 사람은 저마다 태도가 다르다. 아버지는 엉거주춤한 채로 영어 교본 책
      자를 움켜잡고 있고, 별이는 시큰둥한 자세로 시든 꽃다발(예술이에게 준
      것)을 들고 있다. 어머니는 기쁜 표정으로 손에 커다란 장바구니를 들고 있
      다.

님   수고들 했소이다! 힘들지는 않았습니까?
어머니 아이고, 말도 마세요! 얼마나 힘들었다고요! 늘 마음이 조마조
      마했습니다. 예기치 않은 비용도 엄청났죠. 꼼꼼하게 청구서를
      첨부하겠지만요. 애초의 계약하고 좀 다른 게 많아서요. 그걸
      꼭 좀 고려해주셨으면……. (절을 꾸벅 한다) 그럼에도 스무 해 동
      안 주어진 임무에 최선을 다했다는 걸 맹세합니다.

      아버지는 조심스러워하면서도 혼돈스러워하는 표정이다. 뒤에 서 있는 별
      이는 껌을 씹고 있다. 그녀 역시 타인의 눈길을 피하려는 듯 아래를 내려
      다보고 있다.

아버지 아, 네. 그렇습죠. 계약이었으니까요. 저희는 나름대로 주어진 일에 충실했습니다만, 하지만……

님 질문이 남아 있는가?

아버지 (여전히 망설이며) 아, 네. 으흠, 으흠……

님 주저하지 말고, 편히 말해보세요.

아버지 아, 네. 정말 이상한 건……, 도무지 모르겠는 건……, 도대체 그 아이가, 으흠, 으흠……, 그러니까 복제인간이 어떻게 앞으로 우릴 위험에 빠트리게 하는 거지요?

아버지는 헛기침을 하며 잠시 말을 멈춘다. 그러고는 타인의 눈치를 흘금흘금 본다.

아버지 죄송합니다. 그러니까, 으흠, 으흠……, 제가 그 애를 키우면서, 아니 그 애의 아버지 역할을 하면서 느낀 건, 그 애는 우리와 다름없었습죠. 정말 다른 애들과도 하나도 다를 바가 없었습죠.

님 그래서? 말하는 바의 초점이 뭔가?

아버지 저의 무식함을 용서해주십시오. 애초부터 뭣 때문에 그런 끔찍한, 신의 의지에 어긋난 죄를 저지르게 된 건지 이해가 도저히 안 됩니다. 게다가 그 아이는 참으로 좋은 아이였는데……

별이 (그제야 앞으로 나서며) 그래요. 예술이는 한 번도 저희를 의심하지 않았죠.

어머니 세상에! 그래도 그 애는 죄악의 산물이잖아요! 악마들이 날뛰면 어떡해요? 지구에 재앙이 오잖아요! 차라리 원자폭탄이 떨어지는 게 낫지. 그 나치들이 인간을 마구 맹그는 일은 절대 안 되죠.

하 박사가 처음으로 입을 연다.

하 박사 흠, 듣자하니, 뭔가 여전히 이해하지 못하고 있는 모양이구면! 엉망이야. 그것도 좋아. 어쩌면 자세히 알 필요는 없을지 모르겠지만 다시 한번 정리해보고 싶군. 우선 난 악마가 아니에요. 당연히 나치도 아니고. 그것부터 밝혀야겠지. 이 골치 아픈 사건이 우리 과학자들로부터 비롯된 건 맞아요! 하지만 전적으로 그들 탓은 아니오. 과학자들도 실은 인류에 봉사하려고 했던 거요. 자연의 숨은 진리를 알아내려는 순수한 염원으로 시작했다는 말이지. 그러나 현실에서 혹시라도 어떤 미친놈이 세력을 잡아 이 실험을 이용하거나, 이런 일이 대량으로 벌어진다면 치명적인 재앙이 되기에, 그걸 미리 봉인하려는 거요.

님 그렇다, 인간이 신의 자리를 차지하게 되면 절대 안 된다. 그래서 우리 신실한 자들이 힘을 합쳐 이를 막은 게 아니겠는가?

별이 그렇지만 왜 그를 그렇게 오래 살도록 했던 거죠? 물론 저희들이야 연극을 할 수 있는 좋은 기회였지만.

어머니 아주 긴 연극이었지. 충분한 사례가 돌아왔으면 좋으련만.

아버지 대의를 위해서 일한 것뿐이지. 단지 연극한 것만은 아니오.

별이 우리 역할은 배우와 다를 바가 없어요.

어머니 뭐라고 부르던가, 한 것은 한 것이지 뭐. 돈을 받았으니까. 아직 받아야 할 잔금도 남아 있구.

님이 재빨리 아버지, 어머니, 별이가 충돌하려는 것을 가로막아 선다.

님 모두들 참으로 고맙소이다. 당신들의 신심과 헌신이 아니었다면 인류를 구원하는 미션은 실패했을 거요. 하 박사님만으로는 어림도 없었을 거요.

어머니 아이고, 그렇고말고요. 한데 박사님은 좀 야박하셨어요!

하 박사 자네들이 아직도 캄캄한 세계에 헤매고 있으니, 내가 안 나설 수가 없군. 제발 귀를 열고 들으시오. (격앙되고 화난 목소리로) 이건 절대 나 개인 때문이 아니오! 나 역시도 전체로부터 지시를 받고 있어요! 그건 님께서도 다를 바 없으시겠죠? 그렇죠?

님 자아, 이제 그만 이쯤에서 닫읍시다. 인류를 위해서였다고 생각해둡시다. 전체를 아는 자가 어디 있겠소?

님의 말에 아버지, 어머니는 금방 고개를 숙이고 예! 하고 답한다. 돌연히 별이가 씹던 껌을 퉤, 내뱉으며 앞으로 나서며 입을 연다.

별이 (껌을 내뱉으며) 그나저나, 제 뱃속의 이 애는 어떡하나요?

아버지 뭐어? 그런 일이?

어머니 어휴, 깜찍한 것! 그런 일이 있었구나!

하 박사 어, 그건 우리 프로젝트상엔 없었던 거잖아!

님 그거 참, 의외로군⋯⋯. 예상치 못했던 일이야⋯⋯. 하기야 인간사에는 늘 반전이 있고, 계획에는 늘 차질이 있는 법이니.

별이 최선을 다한 결과예요!

어머니 그럼 간단하지 뭐 그러냐? 지워버려!

별이	그래도 진짜 자연스런 아기잖아요.
어머니	그나저나 확실한 거냐?
별이	여보세요! 기가 막혀서! 저도 신실한 인간이에요.
어머니	님을 믿는 우리끼리 싸우진 말자.
별이	그래요! 제발!
님	낙태는 안 된다는 걸 알고 있겠지.
별이	그럼 어떡하죠?
님	길러야지. 생명은 하늘이 주시는 은총의 선물이니까.
별이	누가……요? 누가 그 선물을 맡죠?
아버지	우리가 맡으면 어떨까?
어머니	아니, 이 늙은이가 드디어 미쳤나!
별이	쳇! 걱정일랑 하지 마세요. 제가 키울 거예요! 제 아가니까요! 누가 뭐라 해도 제가 사랑해줄 거예요! 우리 아가니까요!
님	더 이상 너희들과 시간을 낭비할 수 없다. 이제 너희가 해야 할 연극은 이제 다아 끝났어. 자아, 모두들 가지. 다음 일들이 기다리고 있잖아?

모두가 님을 따라 퇴장한다. 마지막으로 별이가 따라가다 우뚝 멈추어 선다.
Max Richter의 〈On the Nature of Daylight〉 음향이 흘러나온다.
별이가 그곳에 홀로 남아 방백을 한다.

별이	그래, 괜찮을 거야.
	(배를 만지며) 이런 일은 부끄러운 건 아냐.
	나는 알아,

우린 서로 사랑했다는 걸.

그리고 그가 진실로 사람이었다는 걸.

(어조를 바꾸며)

흥, 누가 복제인간이야?

사이비 인간, 앵무새 인간, 온통 복제품들로 가득한 이 흉흉한

시대에……

그래, 난 괜찮을 거야.

아이를 품고 있으니까, 끝까지 돌볼 테니까.

진짜 인간다운 사람으로 만들 테니까.

아, 구름처럼 흘러가는 세상에,

우린 아무것도 아니잖아!

인간답지 않다면……

하지만, 괜찮아.

내가 끝까지 지킬 테니까.

예술아……

별이는 촛불을 든 예술이가 지나가는 환상을 본다. 나그네처럼 백팩을 메고. (그가 실제로 무대 뒤쪽에서 가로질러 간다. 바람에 흔들리는 촛불만이 보이다가 서서히 사라진다.

무대가 어두워진다. 계속 Max Richter의 〈On the Nature of Daylight〉 음향이 흘러나온다.

— 막이 내리고 캄캄해진다 —

공공공공

등장인물

무기수 : 죄수번호 9000. 노인.

간수 : 별명이 북두칠성.

용수 : 죄수번호 1234.

허수 : 죄수번호 317. 주식 브로커(원숭이 더블)

주팔삼 : 죄수번호 666. 사교 교주(늑대 더블)

제1장

장소 : 감방.

무대 한가운데에 노인이 있다. 그는 가만히 앉아 있어 얼핏 유령 같아 보인다. 뒤편 오른쪽 감방엔 쇠사슬로 묶인 원숭이가, 왼쪽엔 늑대가 갇혀 있다. 관객들에겐 소리만 들리고 어두워 양쪽 감방은 보이지 않는다.

사납고 거친 동물 소리가 들리면서 연극이 시작된다.

사팔눈의 간수가 다리를 질질 끌고 등장한다. 그 뒤로 수갑을 찬 젊은이가 고개를 숙이고 따라온다. 젊은이는 어두컴컴한 감방에 누가 이미 있는 걸 알고 깜짝 놀란다.

용수　헉! 저게 뭐야……?

아무런 대꾸가 없다. 대신 어둠에서 원숭이의 꽥꽥, 늑대의 우우, 소리가 들려온다.

용수　어어, 동물이야, 사람이야?

젊은이, 용수가 놀라 뒷걸음질을 하자 간수가 개입한다.

간수   뭘 그리 놀라? 아하, 저 사람……? 여기서 가장 오래 살고 있는
        인간이지.
용수   어휴, 무슨 귀신인 줄 알았네.
무기수 (잠깐의 침묵 후) 나, 인간 맞아…….
용수   시팔, 꼭 유령 같구먼.
무기수 나, 살아 있는 사람이 맞네.
용수   쳇, 무슨 먹물 같은 소리야?

용수가 벽 쪽으로 다가가 대든다. 간수는 등을 돌려 감방 문을 닫고 소리
친다.

간수   (수갑을 풀어주며) 자아, 그럼 자알 지내! 쓸데없는 발걸음 시키지
        말라고!
동물   꽥꽥꽥, 우우우

옆방 동물들이 대신 대답하듯 꽥꽥, 우우, 요란스럽게 군다. 용수는 감방
안을 서성인다.

무기수 어이, 거기 젊은이는 무슨 죄로 예까지 왔나?
용수   절도죄, 공갈죄, 사기죄. 폭행죄, 탈옥죄, 강간죄, 살인죄……
무기수 어구, 죄로 똘똘 뭉친 죄 덩어리구먼! 그래, 어차피 인간 모두는
        죄인이니까.

114

용수　유령은 무슨 죄로 여기에 있는 건데?

무기수　까먹었어. 너무 오래 있어서.

용수　너무 오래 있어 정신이 어떻게 된 건 아니구?

무기수　아마 그럴 거야. 그래도 아마 자네보다 멀쩡할걸?

용수　쳇, 무슨 개뿔 같은 소리야!

노인은 조용히 앉아 있고 용수는 불안한 듯 계속 서성인다.

무기수　근데 자네 이름은 뭔가?

용수　(바닥에 벌렁 누우며) 아이쿠, 여기도 시끄러운 사람이 또 있네! 이름 같은 거 없소이다.

무기수　다행이군. 여기선 이름 대신 번호로 부르니까. 게다가 인간의 본명이 죄인이지.

용수　아아, 지겨워!

무기수　내 번호는 이거라네. 이거 보이지? 내 가슴팍의 것.

용수　(들여다본다) 뭐요? 뭐? 공, 공, 공?

무기수　아니, 구공공공.

용수　무슨 죄수 번호가 그렇소? 그거 진짜요?

무기수　그럼 진짜이지! (가슴을 치며) 여기가 공(空)처럼 텅 비어 있거든. 아직 완벽한 공을 이루지 못해서 구(九)공공공이지만 조만간 공공공공이 될 거지.

용수　아으, 시팔! 축구공, 야구공, 배구공, 남아공, 난 그런 거엔 관심 없수다.

그러자 이번엔 노인이 다가가 직접 용수의 가슴을 들여다본다.

무기수 으흠, 그러니까……, 자네 번호는 1234이구먼. 좋아, 좋아! 아주 잘 선택했네!

용수 무슨 개떡 같은 소리요? 난 그런 거 선택한 적 없수다.

무기수 아니야. 선택했을 걸세. 분명히!

용수 절대 아니오.

무기수 자기 가슴을 자알 들여다보게나.

용수 난 그저 간수가 준 옷을 입었을 뿐…… (새삼스레 자기 가슴팍에 새삼 내려다보면서) 근데, 왜 하필이면 1234야? 좆나게 유치하군! 시팔!

무기수 이것 봐, 젊은이. 아니, 1234! 자기가 택한 운명을 자기가 욕하는 건 어리석은 일이지.

용수 뭐요? 운명이라고요?

무기수 그려, 운명.

용수 연신 무슨 헛소리요? 누가! 도대체 누가! (자기 가슴을 손가락을 가리키며) 이 따위에 신경을 쓴단 말이오? 아아, 지겨워! 날 좀 쉬게 놔주시오! 제발, 제발, 제발!

용수가 고함을 지르자 자극을 받았는지 갑자기 양쪽 감방에서 늑대가 우우, 원숭이가 꽥꽥 비명을 지르기 시작한다.

용수 (벌떡 몸을 일으킨다) 어? 이게 무슨 소리지?

무기수 (손가락으로 오른쪽, 왼쪽을 가리키며) 이쪽에선 **꽥꽥**, 저쪽에선 우우우?

용수   (고개를 끄덕인다) 아니 대체⋯⋯?

무기수   내 귀엔 짐승 소리로 들리진 않는데? 1234, 내가 좀 살펴보지.

노인은 무대 앞으로 나와 양쪽 감방을 두리번거린다. 그리고 뜸을 들이다
가 말한다.

무기수   ⋯⋯실은 사람일세.

용수   거짓말 마오.

무기수   거짓말 아닐세. 자네가 제대로 듣지 못해서 그런 게야. 실제로
보게 되면 자네도 알게 될 거야.

용수   이상하네? 여기 감방 맞소?

무기수   감방 맞아.

용수   아무래도 동물 소리 같은데⋯⋯?

무기수   감방에 들어왔으면 바깥 소리엔 신경 끄게나.

용수   시팔, 세상도 더러운데, 여긴 또 뭐야! 더러운 짐승들과 함께 묶
여 있다니!

무기수   내 눈엔 그렇게 보이지 않는다는데 자꾸 그러네.

그 말에 용수는 무대 앞으로 걸어와 창살을 잡고 오른쪽 왼쪽을 번갈아 살
펴본다.
그 순간 조명이 차례대로 OUT된다. 캄캄하다.

용수   제기혈, 안 보이네! 소리는 확실한데⋯⋯?

무기수　확실하다고?

용수　소리도, 냄새도, 오른쪽은 원숭이, 왼쪽은 늑대가 확실하오!

무기수　어떤 인간은 소리도 냄새도 그렇다네.

용수　어휴, 계속 무슨 개똥철학이오? 사람은 사람, 동물은 동물이오!

무기수　과연 그런가?

용수　당연한 거 아니오?

무기수　글쎄? 자네는 자네의 눈과 자네의 귀를 믿을 수 있는가 보군.

용수는 혼란스런 표정으로 또 좌우를 살펴본다.

또 조명 OUT. 이번엔 소리조차 나지 않고 조용하다.

그러자 그가 다시 제자리에 돌아와 바닥에 눕는다. 다시 꽥꽥, 우우 소리가

들려온다.

용수　(벌떡 일어나며) 어, 이거 누굴 놀리는 거야 뭐야? 들리지만 보이
진 않잖아?

무기수　이것 봐, 1234! 그런 게 세상엔 한둘이 아니라니까. 보이지만 실
제로는 없는 거구. 들리지만 실체는 없는 거구. 원래 세상이란
그런 거야, 젊은이.

용수　좆나게 말이 많네! 공공이라면서!

무기수　자네, 이리 가까이 좀 와. 솔직히 말해줄 테니, 자네의 그 뚫려
있는 귀 좀 빌려주게나. 실은……, 저것들은 동물도 아니고, 인
간도 아니고, 그저 허깨비일세.

용수　뭐요? 허깨비?

무기수   응. 허깨비.

용수   어휴, 유령은 왜 그리 유령 같은 헛소리만 해대는 거요? 난 지금 너무도 배고파 죽겠는데.

무기수   아 참, 저것들은 먹이가 아니라, 친구이기도 하지.

용수   아, 시팔! 난 정말 배고파 죽겠네!

무기수   곧 배식이 올 걸세. 자넨 지금 허기져서 저것들이 누군지 모르고 있을 뿐이야.

무대 밖에서 간수의 외침이 들려온다.

간수   어이, 모두들 얌전히 기다리고 있나? 배식 시간이닷!

무기수   그것 봐! 1234, 내 말이 정말이잖아.

용수   쳇, 무슨 개뼈다귀 정말이오? 감방에 있는 주제에!

옆방   꽥꽥꽥, 우우우, 꽥꽥 꽥꽥, 우우우우.

무기수   (용수가 흠칫, 놀라는 걸 보고) 어이 1234, 그리 무서워하진 말게. 알고 보면 저것들도 우리 친척이야. 한 식구지.

간수   자아, 배식 시간이닷!

용수   와아, 근데, 저들에게도 먹이를 주는구나, 놀라운데……?

무기수   우리에게도 줄 길세.

간수가 등장한다. 창살 사이로 살코기를 늑대에게, 바나나를 원숭이에게 던져주고, 그들에겐 얇은 종이 같은 빵을 주고 사라진다.

용수　(빵을 들고) 배고파 죽겠다는 데 이게 뭐야! 이거 종이 같잖아! 얄팍한 게……. 게다가 동물들에겐 바나나와 살코기를 주고, 인간에겐 너무한 거 아냐! 이건 불평등이야!

무기수　맞아. 하지만 사람은 빵으로만 사는 건 아니라네.

용수　계속 무슨 개떡 같은 말이오? 빵 없이는 못 사는 거요! 빵! 빵! 빵! 이것 때문에 싸움이 일어나고, 슬픔과 불행이 따르고, 우리 같은 놈들이 범죄를 저지르게 되었던 게 아니오? 이놈의 빵 때문에!

무기수　그렇다 해도 틀리고 그렇지 않다고 해도 틀리지.

용수　아, 지겨워! 바깥에서도 지겨웠는데 여기도 마찬가지네.

무기수　용서하게나, 1234! 빵이든, 말이든, 먹어야 사는 건 맞아.

둘이 말없이 우적우적 피자를 씹는다. 그러는 사이 양쪽 감방은 조용하다. 간수가 죄수 둘을 데리고 등장한다. 30대 후반으로 몸집이 작고 원숭이 얼굴처럼 생긴 허수와 늑대와 비슷해 보이는 주팔삼이다.

무기수　(환영하는 어조로) 어서들 오시오!

간수　오랜만에 풀 하우스구려.

무기수　여기가 미어터지는 거 보니 바깥세상이 흉흉하기는 흉흉한가 보군.

간수　(중얼거리며) 새삼스레 무슨 세상 탓!

무기수　인간은 누군가를 탓해야 살 수 있는 겁니다.

간수　아고, 자넨 그 버릇부터 제발 고치게.

무기수   넷!

간수가 퇴장하다가 뒤를 돌아다보며 으름장을 친다.

간수   싸우지 말고 잘 지낼 것! 알았나? 아니면, 쥐도 새도 모르게 사라질 수 있을 테니까. 까먹지 마!

모두   (합창) 넷!

두 사람 중에 먼저 키가 작은 허수가 앞으로 나선다. 그는 두리번거리며 상황을 파악하려는 듯이 손오공처럼 고개를 이리저리 돌린다.

용수   어어? 이 작자는 원숭이를 꼭 닮았네?

허수   (고개를 흔들며) 나 원숭이 아냐! 비록 컴퓨터 에러로 이런 더러운 곳에 오게 되었지만 난 왕자지. 주식계의 왕자, 허허수!

용수   하, 원숭이처럼 말도 잘하는군!

허수   흥! 거긴 뭘 모르는군. 허허수를 모른다면 주식 브로커가 아니라고 할 수 있지. 당장이라도 여의도에 달려가 물어보라고. 그 동네에선 날 모르는 사람이 없지.

이번엔 용수가 (피자 조각을 입에 물고) 주필심에게 다가간다.
그는 거만한 표정을 지으며 천장을 바라보고 있다. 사기꾼 같은 느낌을 준다.

용수   이놈은 또 뭐야! 어디서 많이 본 얼굴인데?

교주   그럴 거야. 나 유명한 사람이거든······.

용수   우아, 그 늑대 얼굴로? 누가 봐도 악당 같은데?

무기수   (개입하며) 그것 봐, 1234. 내가 그랬잖아? 누가 짐승이고 누가 인간인지 구별이 어렵다고!

용수   (고개를 끄덕이며) 와아아, 참말로!

무기수   어이, 1234! 내가 늙어 눈이 어두우니 자네가 그들 가슴을 좀 보고 말해주게나. 번호가 뭔가?

용수   (허수의 가슴을 들여다보며) 흠, 묘하네요. 이 원숭이 놈의 번호는 암호 같고요. 어? 뭐, LIE······. LIE······. 앗, 그게 아니라 317 번호가 거꾸로 달렸네요.

무기수   거꾸로? 그거 참, 허수가 괜스레 허수가 아니구먼. 으흠, 그러면 저 덩치 큰 친구는?

용수   (주팔삼에게 다가가 가슴팍을 들여다본다) 어? 이 악당 놈은······? 번호가 666이네요!

무기수   으흠, 666이라······, 그거 참 굉장하군! 과연 고수는 고수야. 뭐 악도 끝장까지 가면 공공공으로도 변할 수 있을 게야. 사실 세상은 악당들 천지지. 검은 악당, 하얀 악당, 영웅 악당, 신사 악당. 심지어는 아빠 악당도, 엄마 악당도, 아이 악당도 있지. 꼭 사회질서를 어지럽힌 놈들만 악당은 아니지.

교주   니들은 당장 입들을 닥쳐! 감히 나를 뭐라고? 악당?

용수   당신 악당 아냐?

교주   아니지, 절대 아니지. 난······.

용수   악당이 아니라면 여기에 왜 오게 된 거지?

교주	횡령죄로 몰렸지만 절대 악당은 아니야, 난 절대로⋯⋯.
용수	'절대로'라는 말하는 놈의 말은 '절대로' 믿으면 안 되지. 그러면, 재수 없는 원숭이 놈 너는?
허수	나도 악당 아냐! 아니고말고!
용수	(무기수에게) 쳇! 아무도 악당은 아니라는데요? 좋아, 그러자구! 아무도 악당이 아니라고 하자구! 어차피 핑계 없는 무덤은 없다니까.
무기수	어이, 1234! 검다 희다 그리 따지지 말게. 나, 구공공공은, 구십 평생, 여태 스스로를 악당이라고 하는 자를 한 놈도 못 만났다오. 바깥세상에서도, 감방 안에서도 말야. 혹시 스스로를 악인이라고 자처하는 자가 있다면 내 엎드려 절을 하겠어.
교주	흥! 악당은 모든 사람을 악당으로 생각하는 법이지.
무기수	그거 틀린 말은 아니구려. 허나 사람과 말은 늘 일치하지 않는 법이지.
교주	예, 전 맞는 말만 하는 사람이죠. 혹시 이 주팔삼을 TV에서 보셨는지요? 시대의 예언자! 제가 바로 그 사람이죠.
용수	닥쳐! 이 재수 없는 악당아!
무기수	허세와 망상이 심하구려.
용수	그런 사기 같은 건 안 믹혀. 인마!
교주	이게 누구한테 임마 점마야? 도대체 너는⋯⋯.
용수	애비 어미도 없냐? 그 말이지? 그래, 없다, 없어!
무기수	나이⋯⋯? 그리 따지지 말게나. 그런 건 없어.
용수	그래? 늙은 게 무슨 벼슬이냐고! 시간이 문제가 아니야! 인마!

허수	(간드러진 여자 목소리로) 에구구, 모두 무식하고 한심하군요. 그래요, 맞아요. 시간이 문제가 아니라, 시간은 금이죠! 금, 금, 금, 금! 이건 수천억을 주물렀던 이 허허수가 목숨을 걸고 장담할 수 있지요.
용수	보아하니, 이 원숭이 놈은 돈밖에 모르는 군!
교주	감히 하나님이 주신 본능을 단죄하다니! 대체 너는 뭐꼬?

셋이 붙어 싸움판이 일어나기 직전이다. 그때 간수가 몽둥이를 들고 나타난다.

간수	왜 이리 시끌버끌 난리들이냐? 내가 이미 경고했던 걸로 알고 있는데?

넷은 몽둥이의 위협에 금방 냉동고기처럼 빳빳이 굳어버린다.

간수	(몽둥이를 휘두르며) 니들 눈깔에 이거 보이냐?
모두	넷!
간수;	이 맛도 잘 알 거여! 니들도 세상에 휘둘러보았으니까, 그렇지?
모두	넷!
간수	자, 그러면 차렷!
모두	넷!
간수	엎드려뻗쳐!
모두	넷!

간수	지금부터 조금이라도 움직이는 놈은 이 몽둥이질 맛을 볼 것이다! 알았나?
모두	넷!
간수	내일 아침 태양이 여기에 도착할 때까지 절대 눈을 뜨지 말 것!
모두	넷!
간수	자, 이제, 그 자리에 꼬꾸라져 잠을 잘 것! 니놈들이 죽을 때 필요한 공간도 결국은 그만큼만 필요하지 않겠어. 알았나!
모두	넷!

간수의 명령에 따라 넷은 피식피식 총을 맞듯 차례대로 쓰러진다. 조명 OUT.

이어서 코고는 소리들만 들린다. 푸우 푸우(순수하지만 미숙한 용수), 우우우(이리처럼 포악한 주팔삼), 꽥꽥(교활한 허허수), 그들 정체성이 나타내는 소리들이다.

— 무대 어두워진다 —

제2장

한밤중.

감방은 고요하다. 모두가 잠에 빠져 있다. 무기수가 홀로 깨어나 가부좌를 틀고 앉아 있다. 뒷배경으로 초승달이 떠올라 그의 머리를 비추고 있다.

어디선가 여자의 아련한 노랫소리 같은 것이 나지막하게 들려온다. 희미하게 들리다가 끊기고 또 다시 들려오는 것이 반복된다.

여인　　(슬프고 아름답게) 아 아아 아아, 아 아아 아아

무기수　(부드러운 목소리로) 당신이야?

머리에 새 장식을 한 여자는 애절한 노래를 부르며 무대 뒤를 스쳐간다. 무의식의 깊고 혼란스러운 기억의 숲처럼 보인다.

여인　　(슬프고 아름다운 아리아처럼) 아 아아 아아, 아 아아 아아

무대 뒤에선 어떤 젊은 남자가 앙상한 나무에 기대고 있다. 그는 양복 차림에 얼굴에 마스크를 쓰고 있다. 마치 무기수의 젊은 시절 같다. 노랫소리는 여전히 들려온다.

무기수 오, 오오오오오, 언제까지 이럴 거지? 내가 땅에 묻힐 때까지?

무기수 아직도 당신은? 이젠 좀 나를 놔줄 수 없겠어? 이제…….

노랫소리가 서서히 작아진다. 그와 동시에 그림자 여럿이 후다닥, 등 뒤로 나타난다.
새처럼! 박쥐처럼! 귀신처럼!

무기수 오 맙소사! 니놈들은 또 왜?

어둠 속에서 원을 그리며 허공을 난폭하게 날아다닌다. 이어서 위협적이고 사나운 소리가 터져 나온다.

무기수 뭣 때문에 나를 노리는 거지? 대체 뭣 때문에 괴롭히려는 거냐고!!

그림자들은 비웃듯이 꽥꽥, 우우, 빈정거리는 소리가 터져 나온다.

무기수 난 네 놈들을 허락할 수 없다. 더 이상 같이 살 수 없어. 절대, 절대로!

무기수가 절규하면서 머리를 흔들어댄다.

무기수 내가 잘못한 게 뭐야? 왜 나만 죽일 놈이야, 왜 나만 악당이고, 죄인이야? 이 탁한 세상에서? 왜 나만을……?

숲속 그림자들도 포악한 소리로 맞대고 질러댄다. 퍼드덕, 날카로운 새의 날개가 그의 얼굴을 스쳐간다. 무기수 얼굴에 핏자국이 생긴다.

무기수 어, 어, 어, 이제, 하늘에서도? 더럽고 사악한 것들이 모두 나를? 이제 모두가 나를 저주하고 미워하는 거야? 이거 고통스러워 견딜 수 없네! 더는 견딜 수 없어! 아, 죽고만 싶어!

그것들이 힘을 합쳐 무기수의 어깨와 등을 아프게 쪼아댄다. 그가 고통스럽게 소리를 지를수록 동물들도 크게 울부짖는다.

무기수 (울부짖으며) 그래, 그래, 물어뜯고 싶으면 물고, 할퀴고 싶으면 할퀴어라. 맞다, 맞아. 인정한다! 받아들인다! 나 같은 놈은 죽어도 싸다. 난 더러운 놈이다. 악당이다. 죽일 놈이다! 죄인이다! 죄악과 무지와 이기심이 바로 나다,

여인이 무대 뒤를 스쳐가며 다시 애절한 노래가 들려온다.

여인 (아련하게) 아 아아 아아, 아 아아 아아
무기수 사십 년이란 시간은 끔찍했어. 죽고만 싶었지. 벽에다 머리통

을 박아보고, 천장에 목도 매었어. 그것만이 참회의 길이라고 생각했으니까⋯⋯. 하지만 안 죽더군! 육체를 버리고 싶었는데 쉬이 이루어지지 않았어. 죄악 덩어리인 나를 버리려고 해도 나 같은 놈이 없어지질 않더군. 내가 씻어지지 않았어. 그런데 말야, 그렇게 해서 참회라든가 용서라든가 되는 게 아닌 걸 알게 되었어.

새의 모습을 닮은 여자가 사뿐히 날개를 접는다. 검은 나무에 기대 선 남자는 여전히 그대로 있다. 동물들은 이야기를 경청하듯 울부짖는 소리가 수그러지는 듯하다.

무기수 그렇게 시간이 흘러갔지, 강물처럼 말이야. 그 후 나는 어떤 사람에게도 주먹을 내밀지 않았지. 아무에게도 칼자국을 남기지도 않았고. 그 무엇에도 분노하지 않았어. 차라리 어지러운 세상을 기도하기 시작했지. 비록 이제 난 늙었지만 말야. 하지만 하지만 당신이 날 죽이고 싶으면 맘대로 해. 할퀴고 싶으면 할퀴고, 물어뜯고 싶으면 물어뜯어. 모든 걸 당신에게 맡기고 싶어.

무기수가 항복하듯 바닥에 엎드린다. 갑자기 모든 소란이 사라지고, 여자의 노랫소리가 자장가처럼 아주 부드럽게 들려온다.

죄수들은 여전히 코를 골며 잠을 자고 있다. 무기수가 홀로 앉아 있다.

창살 사이로 초승달이 빠져나간다.

제3장

이른 새벽.

무기수는 별안간 자리에서 일어나 감방 벽을 향해 선다. 벽에다 무릎을 꿇고 절을 한다. 동쪽 벽 스크린에, 파괴되는 아마존 숲, 멸종하는 동물들, 북극의 녹는 빙하 등등을 보여준다. (영상)

무기수 동쪽의 신이시여, 태양이여. 오만한 인간의 흉흉한 행동을 멈추게 하소서.
숲을 파괴하고, 바다를 더럽히고, 종을 멸종시키고, 쓰레기를 생산하여, 지구를 멸망시키는 짓을 멈추게 하소서

우르르 꽝꽝 번개가 친다. 답이라도 해주듯이. (음향)

그런 후 무기수는 서쪽 벽으로 돌아선다. 스크린이 펼쳐진다. 전쟁과 폭력과 파괴로 인한 비참한 장면들을 보여준다. (영상)

무기수　서쪽의 신이시여, 평화의 여신이여

이처럼 전쟁이 가득하고, 참사가 가득하고, 폭력이 가득하고,

고통과 실수가 가득한, 오류투성인 세상을 가라앉혀 주소서.

폭우가 쏟아진다. 하늘이 눈물을 흘리듯이. (빗소리로 음향 처리)

무기수는 이제 북쪽 벽을 향한다. 거기엔 아무런 이미지는 없고 어둠뿐이다.

무기수　북쪽의 신이시여, 어둠의 신이시여,

마음을 어둡게 하는 탐욕과 눈을 흐리게 하는 무지와,

인간을 간히게 하는 감옥을, 수평선까지 밀어 사라지게 하소서.

지진이 일어난 것처럼 감방이 약간 흔들린다. 벽들이 반응하듯이 떤다. (음향)

무기수　(이제 몸을 돌려 관객을 보며) 남쪽의 신이시여, 신들인 '관객'의 눈이여…….

그때, 남쪽(관객석)에서 간수가 슬그머니 등장한다.

간수　(나지막한 소리로) 어이, 여보게. 구공공공.

무기수　(뒤로 넘어진다) 이크, 누, 누구요!

간수　나야, 나! 자네, 자고 있었나?

무기수　어휴, 심장이 멈칫, 했네! 난 또 누구라고.

간수	아고, 미안! 당신이 기다린 신이 아니라서.

간수   아고, 미안! 당신이 기다린 신이 아니라서.

무기수   웬일이오? 뭐 부탁할 거라도 있소? 마누라랑 싸웠소?

간수   아니. 그게 아니고…….

무기수   그럼, 또 카드 게임 하자는 거요? 이 시각에?

간수   (두 손을 흔들며) 아닐세, 아냐!

무기수   (뒤를 돌아보며) 목소리 좀 낮추시오. 저들이 들을 수도 있으니…….

간수   걱정 말게나. 저녁식사에 양념으로 수면제를 듬뿍 넣었으니, 곧 아떨어졌을 거여. (그러자 이때 동물들이 코고는 소리가 살짝 들려온다) 그건 그렇고. 내 말을 좀 들어보게나. 이번엔 왠지 걱정이 돼서 달려왔네. 은근히 우려가 되는구먼. 그래서 자네에게 좀 귀띔해 주려고.

무기수   하시구려!

간수   오늘 입소한 놈 말야. 그놈을 경계해야 할 걸세.

무기수   누구? 원숭이 놈?

간수   (고개를 흔든다) 아니…….

무기수   그럼, 늑대같이 생긴 놈?

간수   (고개를 흔든다) 아니…….

무기수   젊은 놈 말이군. 왜? 내 눈엔 가장 불쌍해만 보이더구먼.

간수   불쌍하긴 그놈이 가장 불쌍하지. 열 살부터 절도죄로 줄곧 소년원을 들락날락하다가 이번엔 가석방 없는 무기징역을 받았어. 열 받으면 난폭할 수 있어! 자네 조심하라고! 무엇보다도 극심한 자살 충동에 시달리고 있다네, 그러하니…….

무기수　그놈의 죄목은 뭐지?

간수　말했잖어? 자네처럼 무기징역 판결을 받았다구.

무기수　뭣 땜에?

간수　방화.

무기수　뭘 불태운 건데?

간수　나무들.

무기수　나무야 뭐. 땔감이 원래 나무가 아니오?

간수　경복궁도 나무로 지어졌지, 아마?

무기수　엉? 그놈이 문화재를 훼손했다는 말이오?

간수　(고개를 끄덕이며) 근데, 그게 거기 한 군데만 아니었어. 그냥 가만히 있으면 되는데 그놈이 스스로 다시 나타나서는 ㅈ, ㅈ, ㄷ, 신문사 등등에 방화를 했지 뭐야! 뭐, 헛소리로 세상을 어지럽히는 썩어빠진 놈들 죄다 청소하겠다고. 참말로 혁명 수준이지, 안 그래?

무기수　증오가 깊어서, 희망이 적구먼.

간수　지혜가 없어서, 희망은 없지. 자네처럼 감옥의 도를 닦기 전에는.

둘은 잠시 말을 멈추고 자고 있는 용수를 들여다본다. 그러고는 뒤돌아서서 서로를 쳐다본다.

무기수　그건 그렇고, 그 대신 다음번 카드놀이엔 속이지 말기요.

간수　왜? 난 언제나 페어플레이를 하는데?

무기수　흥! 당신이 공평한 건 한 번도 못 봤어!

간수　이것 봐, 구공공공! 난 어디까지나 교도관이야! 특권층! 죄수를 지배하는 갑이야! 갑!

무기수　무슨 그리 썩어빠진 소리야! 그러니 감옥이 타락할 수밖에! 정 그러면 난 더 이상 카드놀이 안 할 거요. 알았소? 시간이 아까워! 흘러가는 시간이 말야.

간수　어딜 갈 수도 없는 자가 뭐 그리 할 게 많다고 시간 타령이여? 소가 들으면 웃겠소다.

무기수　무식한 소리 마소! 비록 여기 갇혀 있어도 나는 내 시간의 주인이오. 미래에 대한 희망도, 두려움도 없기에 난 진정한 자유인이지. 오직 걱정되는 건, 우리 모두가 발을 딛고 있는 이 지구가 건강하길 바랄 뿐이지.

간수　(사레를 치며) 아으, 그만! 알았어, 알았소. 자네가 그 궤변을 시작하면 언제 끝날지 모르니, 난 가겠네. 그럼, 내일 보세나.

무기수　그러세. 잘 가게나.

간수　(나가다가 잠시 멈춘다. 뒤돌아보며) 참, 그나저나, 당신 기도할 때 조심해야 될 거야. 간절히 원하면 이루어진다고 하니 말야.

무기수　그거 참으로 겁나는 말이군.

— 조명 Out —

제4장

아침.

감방의 네 명 죄수가 관객을 보고 나란히 서서 팬터마임으로 이를 닦고 세수를 한다.

모두 무표정으로 기계처럼 행동한다. 음악 리듬에 맞추어.

이닦기 : 무기수 노인이 제일 먼저 이를 닦는다. 그런 후에 칫솔을 옆으로 넘겨준다. 다음 죄수도 같은 칫솔로 이를 닦는다. 마지막으로 받은 청년은 인상을 팍 긋더니 칫솔을 휙, 던진다.

세수하기 : 이번에도 무기수 노인이 먼저 손바닥만 한 대야에 세수를 한다. 그리고 그것을 다음 사람에게 넘긴다. 이렇게 계속 같은 행동이 반복되고, 마지막으로 받은 청년은 머리 위로 대야 물을 부어버린다. 그리고는 대야를 바닥으로 내팽개친다.

머리빗기 : 무기수가 먼저 머리를 빗는다. 다음 사람이 그 머리빗을 받는다. 차례대로 건너가다 청년에게 도착한다. 이번에도 그는 머리빗을 휙, 뒤로 던지고 빗 대신 손가락으로 자신의 머리카락을 엉망으로 만든다.

옷입기 : 무기수가 먼저 자신이 입은 죄수복과 죄수 번호를 만지며 정돈한다. 다음 사람도 그를 따라 한다. 죄수복에 단추를 꿰고 옷을 입는다.

이윽고 간수가 나타나 아침식사가 담긴 식판 하나만을 나누어주고 말없이 창살 곁에 지키고 있다.

밥먹기 : 이번에도 감방 방장인 무기수 노인이 먼저 먹는다. 그가 몇 개를 먹고 식판을 옆으로 넘긴다. 같은 식으로 반복된다. 마지막으로 아침식사 식판을 받은 용수가 쟁반을 뒤집는다. 음식은 없고 젓가락만 떨어진다. 제기랄, 혼잣말로 조용히 씨부렁댄다. 그는 몰래 젓가락을 몸에 숨긴다.

아침 루틴을 다 끝낸 후 죄수들은 전봇대처럼 무표정하게 서 있다. 모두 서 있고, 오직 무기수 노인만 앉는다.

무기수 자아, 이제 먹을 것을 먹고, 씻을 것을 씻고, 입을 것도 입고, 어제 통성명까지 했으니, 남은 건 오직…….

한쪽 구석에서 지켜보고 있던 간수가 갑자기 개입한다.

간수 (재빠르게 끼어들며) 스스로 죄를 털어놓는 일만 남았지.

무기수 이 91호 감방은 특별한 곳이지. 말하자면, 숫자 '구', 영어 'One' 즉 '구원'이지. 아무나 들어오는 곳이 아니거든. 악당만 가능하지. 게다가 이렇게 꽉 찬 것이 몇 년 만인지 몰라. 내 얼마나 기쁜지, 마음까지 설레고 있어! 자아, 이제 들려주게나. 자네들의 모험담을! 아니, 악으로의 여정을!

간수　(맞장구치며) 오오, 나두 듣고 싶어! 내 귀도 활~짝 열려 있으니.

죄수들은 전봇대처럼 서 있기만 하고 말은 없다.

무기수　어? 이거 의외네? 괜찮아! 괜찮다니까! 자기 과거에 자긍심을 가지고 말해보라구! 악당답게! 당당하게!

간수　(이어받으며) 그렇지, 용기 있게! 솔직하게! 재미있게!

무기수　결국엔 남는 건 이야기뿐이거든. 좋은 기회가 될 거야. 말하다 보면 스스로를 알 수 있거든! 그러니 이 기회를 놓치지 말게. 스스로에게 깜짝 놀라게 될 테니. 으흠. 자아, 순서는 자네, 그 다음은 자네. 그리고 자네.

무기수 노인이 손가락으로 순서를 정해준다. 하지만 셋은 돌처럼 입을 다물고 있다.

무기수　자, 자아~ 말해봐. 어떻게 사회를 어지럽혔는지~, 누군가를 왜 죽였는지~, 누군가를 어떻게 속였는지~, 고백해보라고~.

간수　그래, 겁먹지 말고. 원래 죄는 성당에서만 고백하는 건 아니니까, 인간이란 누구나 불완전해서 뭔가에 넘어질 수밖에 없어, 그저 악으로 추락하는 여정만 있을 뿐인 거지. 그러니 긴장할 필요는 없다니까. 아니 막말로 여기가 뭐 옳고 그르고 따지는 법정도 아니고 말야.

용수　(불쑥 나서며) 그렇소! 난……

무기수   잠깐만! 거기 1234는 좀 기다려! 똥물에도 파도가 있고, 감방에
도 예절과 순서가 있어. 그러니까 교주 자네부터!

주팔삼   (약간 떨며) 하나님의 명을 받들어 저는……

간수   (개입하며) 어이, 그거부터 사기죄 아냐? 하나님을 빙자하며 말하
는 거?

간수가 참견하자 허수와 주팔삼은 무대 한구석으로 옮겨가 둘이만 귓속말
을 한다. (조명 In)

주팔삼   (귓속말로) 근데, 왜 우리가 저 노인 말대로 해야 되는 거지?

허수   (귓속말로) 그래요, 뭣 때문에 들어줘야 되는지 저도 헷갈리는데
요?

간수가 몽둥이를 허공에 휘두르며 그들에게 은근히 엄포 놓는 시늉을 해
보인다.

간수   (곁눈질을 하며) 흠, 자발적으론 못 움직이는군.

무기수   자유를 몰라서 그렇소.

간수   맞고 말할래? 안 맞고 말할래? 선택을 하라고!

허수와 주팔삼은 주춤하며 둘이서 속삭인다. 그러자 용수도 품에서 젓가락
을 꺼낸다.

허수   (귓속말로) 저 노인이 아무래도 간수와 한통속인가 본데요?

주팔삼 　(귓속말로) 그렇지 않아도 나도 의심스러웠네.

허수 　(귓속말로) 이럴 땐 무엇보다도 머리를 잘 굴려야 합니다.

주팔삼 　참! 내 돈은? 자네 그것도 잘 굴리고 있나?

허수 　쉿!

주팔삼의 물음에 딴청을 하듯이, 허허수가 갑자기 헛기침한다. 그러더니 얼떨결에 무대 앞으로 나선다.

허수 　이 작고 왜소한 제가 먼저 나서겠습니다. 만인의 경멸을 받으며 감옥에 들어오게 되었지만 바로 전까지는 왕자였으니까요. 저는 폭력배와는 출신이 다르죠.

주팔삼 　그건 나도 마찬가지!

용수 　이 새끼들이! 감옥에서도 출신을 따지자는 거지?

무기수 　1234! 자넨 입을 다물게. 아까도 말했지만, 어디서든지 룰은 있는 거고, 이곳 룰은 타인의 말을 존중하는 거니까.

허수 　(교활한 간신의 목소리로) 아, 예. 맞습니다. 이 불결한 가축 우리 같은 감옥일망정 룰은 있는 겁니다. 제가 있던 곳도 마찬가지죠. 거기서의 룰은 돈이 돈을 먹는 거지요. 아니, 돈이 돈을 모은다는 겁니다. 그걸 모르는 놈은 바보죠. 고대부터 법이란 본시 힘센 자들이 끼리끼리 만들었잖습니까? 우리 세상이란 그렇게 만들어졌습죠! 그리고 시간이 '금'이라고 이미 말했지만 실은 정보가 금이죠. 솔직하게 말해드리는 겁니다. 어차피 전 여기 얼마 오래 있을 건 아니니까요.

용수 시팔! 너 같은 교활한 놈 때문에 개미들의 삶이 폭삭했고, 집이 날아가고, 가족이 풍비박산되어버렸지. 이 빌어먹을 원숭이 같은 놈아!

허수 어이쿠, 이게 무슨 날벼락이야! 자본주의에선 돈이 돈을 먹는 건 당연한 거야! 이게 사람 사는 법이라고!

용수 이 새끼를 당장!

허수 어구구, 쥐뿔도 모르는 이 무식한 놈이 괜히 애먼 사람 잡으려고?

용수 넌 아주 나쁜 놈이야!

주팔삼 흠흠, 그건 입장에 따라 다른 법이지.

용수 닥쳐! 너는, 더, 더, 더, 더, 나쁜 놈이야. 가난하고 약한 자들을 착취하고!

주팔삼 난 잘못한 거 없어.

허수 나도 잘못한 것 없어.

무기수 어이, 어이, 1234! 잠깐만!

무기수 노인이 간수를 살핀다. 지루해진 간수는 어느새 창살에 기대어 졸고 있다.

무기수 근데, 자넨, 왜 사사건건 분노하는 거지?

용수 불평등하잖소! 갑 새끼들이 '을'을 착취하고 부려먹고 잡아먹고…….

무기수 갑? 을? 지금이 무슨 시대라고 자꾸 그런 구호를 외치고 있는가? 부질없이……, 또 유치하게…….

용수 그게 현실이오. 부정할 순 없소.

무기수 맞아, 인간의 역사는 늘 그래왔지.

용수 그래서 인간의 역사가 이 꼴이 아니오?

무기수 그래서?

용수 그렇게 당하고만 있다면 그건, 영원히 노예로 추락하는 거요!

무기수 글쎄? 세상은 그렇게 간단하지 않아! 세상은 1, 2, 3, 4, 자네 번호처럼 단순한 게 아니지.

용수 무슨 개떡 궤변이요? 갑은 갑, 을은 을이요!

무기수 그건 반쪽 진리야. 생각해봐, 1234. 뒤돌아보면 세상을 뒤집어보려는 놈이 한둘이 아니었지. 그럴듯한 정의를 부르짖으며 나타났다가 사그라진 놈들이 한둘이 아니었어. 하지만 거짓이야. 인간의 역사는 악당의 역사야, 아닌가? 히틀러만 개새끼가 아냐. 영웅이라고 부르는 자, 알렉산더도, 나폴레옹, 칭기스칸, 다 개새끼야. 도대체 얼마나 많은 사람들을 죽였는가, 생각해보라고! 적이고 동지이고 떠나 얼마나 무자비하게 사람들을 죽였냐고!

용수 지겹구 역겹구 시끄럽고 시끄럽소. 도대체 웬 설교요?

무기수 지겹고 역겹고 시끄럽고 시끄럽셌시. 그럴 거야. 하지만 그렇다고 자네처럼 불을 지른다고 해결되겠어? 자네가 무슨 해결사야? 증오는 어리석은 거지. 분노는 자네를 익사시킬 뿐이야.

용수 흥! 내가 누구인지 알고 있는 모양인데……. 그래요, 나도…… 태우겠소!

무기수   으흠……, 뭘 끝까지 태우지도 못하고 들어왔으면서 무슨 헛소리? 다음은 주팔삼!

주팔삼   나도 솔직히 말하지요. 자아, 돌을 던지고 싶으면 던지시오. 사실 난 사람들이 원하는 걸 해주었을 뿐이오. 모든 게 너무너무 쉬웠죠. 아니, 외려 어려웠소. 왜냐? 사람들은 기꺼이 속고 싶어 했으니까요. 사람들은 늘 확실한 걸 원했죠. 사실, 세상에 확실한 게 어디 있소? 사람들은 모두 안절부절못하고 불안해했거든. 이거 맞춰주기 진짜 어려운 거라오. 그럼에도 불구하고, 나 주팔삼은 최선을 다해 그들이 원했던 것에 봉사했고, 그 대가로 정정당당하게 보상을 받았던 거요. 사교, 사교, 그리 부르지 마시오. 내 쪽에서 보면 무척 억울한 거요! 게다가 세상엔 나 같은 자가 한둘이 아니거든요. 전공만 다를 뿐…….

허수   맞습니다, 맞아요. 인간은 그렇게 상부상조하며 돕고 사는 거 아닙니까?

이때까지 창살 앞에서 꾸벅꾸벅 졸았던 간수가 갑자기 잠에서 깨어난다.

간수   아무도 홀로 못 사는 건 맞아! 하지만 책임은 홀로 지는 거지.

용수   (소리를 지르며) 저항하지 않으면 약자들은 깔려 죽습니다. 누군가는…….

간수   어이, 1234! 니놈이 오줌이 마려울 때 누가 대신 해줄 수 있나?

허수   호호, 그거야 내 자지로 내질러야죠.

간수   내 자지냐? 인류의 자지냐? 그걸 먼저 알아야 돼. 자아, 그러면 나는 지금 그걸 해결하려고 갔다 오겠네. 그럼, 모두 굿바이!

간수는 그 말 한마디를 던지고는 퇴장한다. 그러자 허수와 주팔삼은 재빨리 구석으로 가서 또 둘만이 속삭인다. (조명 In)

주팔삼   (귓속말로) 그런데, 자넨, 도대체 여기 어떻게 들어온 거지?

허수   (귓속말로) 다 꾀와 술수가 있습죠.

주팔삼   (귓속말로) 그나저나 내가 투자한 자금은 아무도 모르고 있는 거지?

허수   (귓속말로) 암요. 쥐도 새도 모르게 빼돌려놓았으니 안심하십시오. 근데 이걸 알고 있는 자가 저 말고 누가 또 있나요?

주팔삼   (생각에 잠기다가) 흠, 없어, 없지. 내 교단 내엔.

용수가 그들을 수상쩍게 쳐다본다. 그리고 그들에게 다가간다.

용수   수상쩍은데? 뭘 속닥이는 거지? 니들 혹시 아는 사이 아냐?

허수   (펄쩍 뛰며) 아닙니다. 아니고말고요.

주팔삼   (두 팔로 X 그으며) 여기서, 처 처음 만나요.

용수   (여전히 수상쩍은 눈길로) 근데, 왜 화들짝 떠는 거지?

용수는 그들 가까이서 코를 대고 킁킁 냄새를 맡는다.

용수   우아, 우아, 우아, 알겠다. 알았어!

허수   알긴 뭘 알아. 시종잡배 놈이!

용수   하, 이제야 기억난다. 기억나!

허수   난 너 같은 놈을 싫어해!

무기수   어허, 그건 또 뭣 때문인가?

허수   아, 예. 왜냐면요. 저놈의 번호에선 냄새가 나거든요.

주팔삼   그래 맞아, 냄새가 나!

무기수   아마, 냄새는 옆방에서 날 텐데?

주팔삼   천이백삼십사, 저 친구에서 시궁창 같은 가난한 냄새가 나는군
        요.

용수   네놈들에선 더럽고 비린 냄새가 난다.

무기수   에이, 냄새는 옆방 동물들일 텐데?

용수   딴청 부리지 마! 난 너를 본 적이 있어! 아마 네놈들은 생각이 안
        날 거야. 원래 나쁜 짓하는 놈은 까맣게 잊어버리는 법이지. 하
        지만 당한 자는 또렷하게 기억하고 있지. 내 얼굴을 자알 들여
        다보라고! 기억이 안 나? 내 얼굴이?

허수   모르겠는데……?

주팔삼   나두 모르…….

용수   암호. 푸른 호랑이 오버.

        허수가 순간 새파랗게 질린다. 주팔삼은 영문을 몰라 어리둥절하고 있다.

용수   설마 기억이 없다고 하지 않겠지?

허수   (두 손으로 얼굴을 가리며 원숭이 소리 낸다) 우우우.

용수   이거 예측 불허라고 말하고 싶겠지.

144

허수   (원숭이처럼 얼굴을 그어댄다) 우-우-우.

무기수   예측불허라……? 그렇지 모든 건 가능하지. 이래서 삶이 재미
        있는 거지.

용수   이거 참으로 묘하군, 원수는 외나무다리에서 만난다더니…….

허수   네가 그놈이었단 말이지?

주팔삼   (허수에게) 헉, 쓰레기통으로 매주 헌금을 옮겼던 놈이 저놈이야?

용수   암호. 푸른 호랑이 오버. 그게 나야 바로 나…….

허수   (두 손으로 얼굴을 가리며) 우-우-우.

주팔삼   오, 하느님 맙소사!

용수   어이, 여기요 여기! 간수 양반!

        용수가 소리치자 두 사람은 당황하며 그의 입을 막으려고 한다. 과격한 몸
        싸움을 벌인다.

용수   여기, 이 두 놈을 고발하오!

주팔삼   입 닥치지 못해! 주 예수의 이름으로~

용수   (더 크게 외친다) 이놈들 한패요! 증거가 있소, 증거가!

허수   (떨리는 목소리로) 이것 봐, 푸른 호랑이. 원하는 걸 모두 해줄게.

용수   닥쳐!

무기수   어이 1234! 법에 맡기게나.

용수   법을 어떻게 믿어요?

무기수   악법도 법이니까.

용수   유령은 끝까지 잠꼬대 같은 소리를 하고 있네.

공공공공   145

용수가 몸에서 숨겨놓은 젓가락을 꺼내고 셋이서 옥신각신 싸움이 일어난다. 조명이 디스코처럼 번쩍인다. 싸움이 격렬해진다.

그러다가 허수가 용수로부터 무기를 뺏는 순간부터 movie slow motion 효과로 변한다.

허수가 그를 찌르려고 하는 순간, 다시 slow motion 효과가 깨지며 현실의 시간으로 돌아온다. 하지만 바로 그때, 무기수 노인이 용수를 막아주다가 대신 칼침을 맞아 바닥에 쓰러진다.

허수 어, 죽었나?

주팔삼 설마? 죽었을까?

용수 아아아, 거, 누구 없어요?

용수가 무기수 노인을 품에 안고 비명을 지른다.

용수 오오오, 맙소사! 나 같은 쓰레기를 위해서! 오오오, 나 같은 쓰레기 때문에! 오오, 거기 누구 없소! 여기 사람이 죽어가요, 도와주세요!

피를 흘리는 듯한 용수의 외침이 감방 안에 울려 퍼진다.

— 비상벨이 울리면서 무대가 깜깜해진다 —

제5장

일주일 후.
감방 안에 무기수 노인은 누워 있고 그 옆에 무릎을 꿇은 용수가 있다.

용수   괜찮으신가요?

무기수   ······.

용수   유령, 눈 좀 떠보세요.

무기수   ······나 살아 있네, 조용하게나.

용수   죄송합니다.

무기수   뭘?

용수   용서해주세요.

무기수   뭘? 그 시간은 이미 저기만치 흘러갔는데······. 그러니 지금이?

용수   쓰러지신 후, 일주일이 지났습니다.

무기수   아니, 지금 몇 시냐고.

용수   모르겠네요. 시계가 없으니, 그저 아침이라는 것밖엔 모르겠어
요.

무기수 아침이라고? 다시 오지 않을 오늘이 또 왔구먼! 그러면 할 일이나 해야겠구먼.

용수 (일어나려는 무기수를 말리며) 좀 더 누워 계세요.

무기수 아닐세. 나 중요한 약속이 있거든.

용수 약속이요? 누구하고요? 여기엔 저밖에 없는데요?

무기수 약속은 꼭 인간끼리만 하는 건 아니지. 스스로와의 약속도 있고, 벽하고의 약속도 있지.

용수 네에? 벽하고요?

무기수 그러네. 동서남북의 벽하고.

용수 아직도 머리가? 그날 꽈당 넘어지셔서 혹시 머리가 아직도 어지러울 수도 있으니 조금 더 누워 계세요.

무기수 몸은 '아직'이지만, 머리는 이미 멀쩡하다고 보이는데? 아닌가?

용수가 고개를 좌우로 흔들며 벽으로 걸어가 감방 벽을 손으로 만져본다.

용수 하지만 이 벽은 그저 벽이 아닙니까?

무기수 내가 벽을 공경하면, 저 벽도 나를 공경하는 법이지. 모든 건 말야. 사물이든, 사람이든, 사랑하는 자에 반응을 보여주기 마련이거든. 메아리를 되돌려준다는 말일세.

용수 여전히 횡설수설이시네. 좀 더 누워 계셔야 될 텐데……. (고개를 갸우뚱하며) 하지만…… 그런 게…… 정말이라면…… 제 눈에도 그런 게 보여야 되지 않나요?

무기수	말했잖어? 중요한 건 눈에 안 보이는 것이라고.
용수	네???
무기수	자아, 이젠 자네 손이나 건네주게. 몸을 좀 일으켜봐야지.
용수	그러죠.

무기수는 끙, 소리를 내며 몸을 일으킨다. 그의 가슴 근처에 붕대가 감겨 있고, 거기에 피가 밴 흔적이 선연히 드러난다.

무기수	자넨 이젠 뭐 할 건가?
용수	당신을 따를 겁니다.
무기수	안 돼!
용수	왜죠?
무기수	자넨 자네가 되어야지. 누굴 추종하면 절대 안 돼. 허튼 놈들이 숱하게 우글우글대는 이 세상에서!
용수	하지만 여기에 당신 말고 누가 있습니까?
무기수	왜? 여기에도 온갖 것들이 있지. 아직 자네의 눈이 캄캄하니까 모르고 있을 뿐이지. 무엇보다도 자넨, 스스로부터 사랑하게나. 누굴 섣불리 따르겠다고 촐랑대지 말고 말야. 자아, 이제 난 내 일이나 해야겠네. 나의 일상과의 약속을! 또 저 벽과의 사랑을!
용수	저도요.

용수가 그를 따라 무대 앞에 선다. 둘은 관객을 바라보며 나란히 서서 이를 닦고 세수를 한다. (앞의 팬터마임과 같지만 용수의 태도에 변화가 있다)

이닦기 : 무기수 노인이 먼저 이를 닦는다. 그런 후에 칫솔을 옆으로 넘겨준다. 다음 용수도 같은 칫솔로 이를 닦는다. 옆으로 넘기려다 아무도 없음을 알고 자신의 윗포켓에 가만히 집어넣는다.

세수하기 : 이번에도 무기수 노인이 먼저 손바닥만 한 대야에 세수를 한다. 그리고 그것을 다음 사람에게 넘긴다. 용수도 그와 똑같은 행동을 하고 난 다음, 그 물을 마셔버린다.

머리빗기 : 무기수가 먼저 머리를 빗는다. 그것을 받은 용수는 머리빗으로 자신의 머리를 노인과 똑같이 빗고 똑같은 헤어스타일로 만든다.

옷입기 : 무기수 노인이 자신이 입은 죄수복과 죄수 번호를 만지며 정돈한다. 어느새 죄수 번호가 '0000'으로 바꾸어졌다. (조명으로 강조) 용수도 그를 따라 행동한다. 그는 자신의 죄수복에 자신의 번호가 달린 가슴을 천천히 도닥거린다. (그의 번호도 달라졌다, 2848이다)

아침 의식을 끝낸 둘은 감방 벽을 향해 선다. 벽 앞에 무릎을 꿇고 절을 올리는 행위를 시작한다. 동쪽 벽에 스크린이 펼쳐지더니, 파괴되는 아마존 열대우림과 사냥을 당하여 멸종하는 동물들과, 북극의 녹는 빙하 등등을 잠깐 보여준다.

무기수 동쪽의 신이시여, 미래의 태양이여. 숲을 파괴하고, 바다를 더럽히고, 종을 멸종시키고, 쓰레기를 생산하여 지구를 망하게 하는 짓들을 멈추게 하소서

우르르 꽝꽝 번개가 친다. 답이라도 해주듯이.

그들은 서쪽 벽으로 돌아선다. 스크린이 펼쳐진다. 파괴로 인한 비참한 장면들을 보여준다.

무기수 서쪽의 신이시여, 미래의 달이여! 이처럼 전쟁이 가득하고, 폭력이 가득하고, 범죄가 가득하고, 실수가 가득한, 오류투성이인 세상을 가라앉혀주소서.

폭우가 쏟아진다. 하늘이 눈물을 흘리듯이. (음향 처리)
그들은 북쪽으로 향한다. 앞에선 이미지는 없고 어둠뿐이었지만, 이번엔 밤하늘에 별이 잔뜩 담긴 은하수가 보인다. (앞에선 보이지 않던 별들이 보이는 것을 은유)

무기수 북쪽의 신이시여! 별들의 신이시여! 마음을 어둡게 하는 탐욕과, 눈을 흐리게 하는 무지를 사라지게 하소서. 또한 인간을 가두고, 자유를 가로막는 감옥을 부디 사라지게 하소서.

지진이 일어난 것처럼 감방이 약간 흔들린다. 벽들이 반응하듯이 떤다. (음향처리)

무기수 (몸을 돌려 관객을 보며) 오, 남쪽의 신이시여, 관객의 눈이여. 신들의 눈이시여.

갑자기 남쪽 (관객석에서) 흔들리는 소리가 들려오더니 벽에 갈라진 금이 생긴다.
지진으로 감옥 바닥이 기우뚱 기울어진다.

— 이 부분에서 관객들의 참여가 시작된다 —

관객들이 쿵쿵 발을 구른다. 소리가 점점 증폭되어 마치 세계가 진동하는 듯하다.

두 남자는 입을 벌리고 서로를 쳐다본다.

용수 어어, 이게 무슨 천지개벽이지?

무기수 어이, 1234, 아니 2848. 이게 무엇이든 간에, 응답이고 찬스야!

용수 같이 나갑시다!

무기수 나?

용수 당신 말고, 여기, 누가 있소?

무기수 얼른 자네나 가게. 난 여기 있겠어.

용수 여기가 뭐가 좋다고 남겠다고 하십니까?

무기수 어떤 사람이 죄를 지었다면 이미 그것으로 충분히 벌을 받은 거야. 죄의 처벌이란 의미가 없으니까, 그러니 자네는 어서 서두르게나.

용수 같이 갑시다!

무기수 자네만 가게.

용수 당신도 가요!

무기수 자네만 가게나. 육체의 족쇄에서 해방되길 원하는 나는, 감방의 족쇄에서 벗어나고 싶지 않아.

용수 아휴, 제발 그딴 소리랑 집어치우고 함께 가요!

무기수 내 나이엔 자유가 바깥에 있지 않거든. 이 조그만 호두알 속에

간혀 있다 해도 나 자신을 무한하기 그지없는 세계의 주인으로
여길 수 있다네.

용수　아휴, 여전히 먹물 소리요? 호두가 어떻구저떻구 그렇게 끝까
지 그럴 거요?

무기수　이건 내 말이 아니라, 햄릿에게서 빌린 말이네.

용수　누구요? 어떤 놈이 그런 헛된 말을?

무기수　하하하, 상관 말고, 어서 빨리 가! 자넨 지금 도망이 아니라, 새
로운 문을 여는 거야.

용수　당신을 영원히 기억하겠습니다.

무기수　자네는 이 말이나 잘 기억하게나. 자네의 유일한 의무는 행복해
지는 거야. 그걸 잊지 말게!

용수와 무기수 노인은 격하게 껴안는다.
그는 등을 돌려 뛰어 나간다. 무기수 노인이 손짓을 보낸다.

무기수　얼른 얼른⋯⋯.

용수　당신을 영원히 기억하겠어요!

용수는 관객 쪽으로 탈출한다.

— 조명 Out —

제6장

부서진 감방 안

감방의 어수선한 분위기를 조명으로 처리한다. 지금까지의 흑백 이미지와는 다르게, 무너지고 깨지고 부서진 것을 세모진 빛들로

홀로 멍하니 서 있는 무기수.
두 의자를 손으로 들고 카드를 책처럼 겨드랑이에 끼고, 간수가 등장한다.

간수   (절뚝절뚝 걸어오며) 어이, 그는 떠났는가?

무기수 그렇다네.

간수   여하튼 내가 뭐랬어? 기도 같은 건 함부로 하면 안 된다고 했잖아!

무기수 (고개를 끄덕이며) 하나님은 무심해도 벽은 무심하지 않은가 보오.

간수   쯧쯧, 괜스레 밤잠도 자지 않고 기도를 하더니만, 결국 이런 일이…….

무기수 일어날 일은 일어나는 거 아니겠나?

간수 그건 그렇지. 아무튼 자넨 내게 밀린 빚이나 갚아야겠어.

무기수 그러세.

이윽고 둘은 카드놀이를 시작한다.

간수 (카드를 나눈다) 자아, 그럼, 시작합세. 이게 우리네 삶의 전부이니까.

무기수 뭐? 카드놀이가? 자네의 전부이겠지만, 난 아닐세.

간수 흥, 자네에게도 마찬가지지. 왜냐? 삶은 '고스톱'이니까. 뒤죽박죽 엎치락뒤치락해보지만, 결말은 늘 예측불허지. 이게 바로 우리 인생을 닮았잖아! 숫자 1 다음에 꼭 2가 오는 것도 아니지! 암 아니고말고! 숫자 1 다음에 자네처럼 공공공공으로 꽈당, 미끄러질 수도 있고, 1234 그놈처럼 껑충, 이팔사팔(2848)로 건너뛸 수도 있는 거지. 아닌가?

무기수 그거 맞는 말이지.

간수 내 말은 언제나 맞는 말이네. 법이니까!

무기수 쳇! 무슨 거만한 말? 그렇게 법, 법, 법, 하려면 당신부터 지키면서 말하시구랴. 제발 카드놀이 할 때 속이지나 맙시다.

간수 이차피 게임인데, 속임수도 있어야 재밌지 않소?

무기수 어차피 게임이라면 속이는 자는 비겁하오. 안 그렇소?

간수 근데 참, 그놈을 왜 내보냈어? 솔직히 말해봐.

무기수 내가 의도한 게 아니라네.

간수 정말이야?

무기수 (흘끔 관객을 곁눈질하며) 정말이지.

간수 거짓말 말게나.

무기수 거짓이 아니라니까.

간수 어떻게, 그럴 수가! 작은 사소한 발 구르기가 어떻게 감방의 문을 열 수 있어?

무기수 작고 사소하지만 그럴 수 있다네.

간수 힘도 없는 작은 발걸음들이?

무기수 그렇다네. 생각해보게나. 인간이 닫은 문은 누가 열 수 있겠어? 인간만이 열 수 있는 거 아냐? 아니면 누가? 자네가? 아니잖아?

간수 여기, 원 카드!

갑자기 원숭이의 꽥꽥, 늑대의 우우, 소리가 다시 들려온다.

무기수 어느 틈새에? 교활하군. 왠지 자네가 또 속이는 것 같으이.

간수 흥, 교활하다고? '갑' 만이 진짜 교활할 수 있는 거야. 게다가 자네도 괜한 궤변으로 교활하게 나를 속이고 있잖아, 아닌가? 흥, 자넨 늘 말해왔지, 감옥에서도 자유가 있다고. 그러면서 왜 그 젊은 놈에게 도망가라고 부추겼는가? 그걸 말해보라구!

무기수 그랬지, 내가 그렇게 말했지. 자유가 바깥에 있지 않다고. 이 조그만 호두알 같은 감방에 갇혀 있어도 무한한 세계의 주인이 될 수 있다고. 나에게는 그건 진실일세. 하지만 그놈은 사과할 사람들도 있고, 세상에 나가서 죄지은 것들을 갚아야 되거든.

간수 죄는 여기서 갚고 있는 거 아니었나? 내가 몽둥이를 더 휘두르면 되잖아?

무기수 죗값은 이미 죄를 저지를 때 치렀던 셈이지.

둘은 카드 패를 들고 무술에서 검을 겨누듯이 서로를 째려본다.

간수 이것 봐, 구공공공…, 아니 공공공공. 그나저나 그가 되돌아올까?

무기수 아닐 걸세.

간수 자넨 그 젊은 놈을 믿는 모양이지만 나는 반대야! 다시 돌아올 거야!

무기수 (카드 패를 보며) 일단 자유를 맛보면 영원히 돌아오진 않을 거요!

간수 흥, 순진하구먼. 죄수 주제에! 나는 언젠가 돌아올 거라고 생각해.

무기수 돌아오지 않을 테니 두고 보슈.

간수 여기, 원 카드! (원숭이 꿱꿱, 소리가 무대 뒤에서 들려온다)

무기수 또? 왠지 속임을 당하는 느낌인데…….

간수 놀이엔 원래 법칙이 없는 거야. 당신 말도 늘 법칙에 어긋난 횡설수설 아닌가?

무기수 당신 말은 늘 엉터리 무순투성이고.

간수 왜? 내 말이란 원래 그럴 수밖에 없는 거잖아? 게다가 난 이곳을 지배하는 신이니까? 원 카드! (늑대의 우우, 소리가 울린다)

무대가 아까보다 어두워지며 음침한 야생 소리가 점점 크게 들려온다.

간수 점점 시끄러워지는군! 더 사납고 포악한 놈들이 오는가 보네. 자네 준비를 단단히 해야겠어.

무기수 아니, 왜 내가?

간수 도망가지 않았으니 책임을 져야지.

무기수 책임은 당신 일이 아냐? 죄수를 돌보는 게?

간수 무슨 말이야? 난 특권층이라 했잖아! 일종의 신이라고!

무기수 홍, 쓸개 빠진 신 같은 소리! 다 갇혀 있는 신세에!

간수 자넨 눈앞에 들고 있는 카드나 잘 보게나.

무기수 여기, 나도 One 원, 카드!

간수 어구구, 얼떨결에 졌네! 마지막 판에서!

처음으로 푸드덕거리는 새 날개 소리가 들려온다.

간수 근데, 공공공공. 어차피 자네에게 돈은 필요 없지? 그렇지? 돈 대신 나만이 알고 있는 비밀을 들려주면 어떨까? 괜찮겠지? 돈으로는 살 수 없는 귀한 것이니. 자 그러면, 자네의 귀를 좀 빌려 주게나.

무기수 내 귀를 열려 있으니 그냥 말하시구랴.

간수 안 돼! 누군가가 들을 수도 있으니 그건 안 돼.

무기수 비밀이란 나누라고 있는 거 아니오?

간수 (관객을 훔쳐보며) 난 웬일인지 저기, 저쪽에, 귀들이 많다고 느껴지네. 저 귀들이 뚫려는 있어도 제대로 듣고 있는지는 모르겠지만.

무기수   간수 양반! 괜스레 특권층이네, 갑이네, 신이네, 들먹거리면서 눈에 보이는 사람들도 믿지 못하는 자네야말로 엉터리 중의 엉터리 아니오?

간수   이거 참, 나를 통 믿지 못하는구먼. 신을 못 믿으면 누구를 믿겠나? 혹시 자네도 '공공공공'이라면서 실은 **뻥뻥뻥뻥 뻥**이 아냐? 아니면 헛소리로 똘똘 뭉친 쿵쿵쿵쿵 구린 놈이 아니냐고?

무기수   뻥뻥 쿵쿵, 뭐라고 불러도 좋소. 그 빚진 말이나 빨리 들려주오.

간수   그러지. 자아, 이제 내가 알고 있는 것과 내가 모르는 것을 죄다 다 말해줄 테니, 자알 듣게나. 그러니까 진실 중의 진짜 진실은⋯⋯.

간수가 손을 나팔로 만들어 무기수에게 속닥거린다. 하지만 무기수는 고개를 흔든다.

무기수   뭐요?

간수   어휴, 못 알아듣는구먼. 늙어서 이제 귀가 약간 먹었네그려. 그렇다면 할 수 없지. 이것 봐, 공공공공. 이리 가까이 오게나. 자네 귀를 좀 빌려달라니까.

간수가 무기수의 귀를 가까이 잡아당겨 비밀을 속닥여준다. 무기수가 놀란 표정을 짓는다. 무기수는 눈을 휘둥그레지고 입이 크게 벌어진다.

간수   그거 정말이오?

무기수   진짜라니까.

간수　비밀이니까 천기누설하면 절대 안 돼!

무기수　알았소. 입을 굳게 닫겠소! 끝까지 침묵하겠소!

간수　입을 열지, 침묵할지, 앞으로 난 자네를 잘 지켜볼 거야. 알았소?

무기수는 무대 앞으로 걸어 나와 관객을 바라보며 말한다.

무기수　그렇다면, 그 말이 진실이라면, 이건 엄청난 비의구먼……

무기수가 손가락 하나를 허공의 한 점을 가리키며 '공?'이란 말을 내뱉는다.
그와 동시에 밤하늘의 불꽃놀이처럼 '비의'라는 단어들이 무대 위에 눈처럼 내린다.

SF 뮤지컬

방랑밴드

사랑의 적에게 총을 쏘다

등장인물

무유(無有) : 청년

노인(90세)

아이(10세)

북쪽의 웅족 대장과 군인들

남쪽의 호족 대장과 군인들

시장과 시청 직원들

여자 : 시장의 비서

경찰 : 로봇

의사이자 판사 : 로봇

조두 : 무대에 등장하지만 아무 말도 하지 않는다

Note

1. 조두는 다양한 이미지로 해석될 수 있다. 조두는 청년의 자아를 상징한다. 또한 노인이기도 하다. 한 인간의 수호신으로도 해석되고, 자신이 꿈꾸는 걸 보고 있는 현실적 인물로 볼 수 있다. 한편 관객을 대치하는 관객의 눈이기도 하다.

2. 병졸과 시청 직원은 각각 리더의 그림자처럼 컴퓨터 그래픽으로 대치할 수 있다.

3. 시청 건물은 금속으로 되어 있고, 병원은 얼음 흰색이고, 판결방은 죽음을 상징하는 검은색으로 처리한다. 시청 → 여자 아파트 → 병원 → 판결방으로 장면 전환될 때, 배우들은 무대에 그대로 있고, 세트가 위에서 내려오거나 옆으로부터 미끄러지듯 설치된다. 여자의 아파트의 경우, 위에서 커다란 보름달이 내려와 무대 세트가 되면, 둘은 보름달 속에 들어간 느낌을 준다.

제1장

장소 : 버스 정거장
시간 : 대낮

앙상한 나무 한 그루가 서 있고 그 아래엔 물웅덩이가 있다. 멀리 한강이 보인다.

고령의 노인이 버스 정거장에 쭈그리고 앉아 졸고 있다. 노인은 왜소하고, 비쩍 마르고 세월에 닳아 구멍이 숭숭 뚫린 거무튀튀한 돌하르방 같다. 청년 무유가 등에 기타를 메고 등장한다. 태양을 째려보며 불만에 차서 노래한다.

청년 무유의 노래

우우우 견딜 수가 없어
대기는 탁한 먼지로 가득하고
우리 모두가 갇혀 있네
이 더러운 어항 같은 도시에서

아아아 사랑은 떠나버리고
집들마다 어둠만이 깃들어 있네
황금만능 마천루 이곳에서
우우 나는 빛을 잃어가네

졸던 노인이 기지개를 켜며 깨어난다. 그는 실눈으로 흘끔 무유를 올려다
본다.

노인   이그, 시끄럽구먼.

무유   아, 살고 싶지 않아요…….

노인   뭐가 그리 불만인 건가?

무유   보세요. 과연 여기가 살 만한 곳인가요?

노인   지금, 여기가, 어때서?

무유   사방팔방 마천루뿐이고요. 사람들은 사납고요. 길거리는 더럽
고요. 공기는 탁하고요. 하늘은 언제나 회색 장막으로 덮여 있
고요. 제 발은 흙탕물에 젖어 있죠. 전 여길 떠나고 싶어요!

노인   쯧쯧쯧, 불만투성이구먼.

노인이 끙, 소리를 내며 나무를 잡고 자리에서 일어난다. 그가 노래한다.

노인의 노래 I

지금 여기 말고 다른 데가 있을까
별천지를 가더라도 별다른 게 있을까

너는 한 곳에 있어도 묵묵히 있는데
인간만이 이리도 시끄럽구나!
그거 다 이 몹쓸 입이 있어서가 아니겠냐?
온갖 것들 다 먹어치우고
온갖 악들 다 쏟아대는 이 끔찍한 입이여!

노인 (나무를 바라보며) 안 그러냐? 홀로 서 있는 고독한 나무야!

노인은 오른발을 물웅덩이에다 담가서 잠시 휘저어본다. 그러고는 물에게 노래한다.

노인의 노래 II

하늘은 하늘, 땅은 땅, 그 사이에 인간
그가 어딜 누벼도 소용없지
아무도 그에게 여기 오라고 하진 않았어
그 누구도 초청했던 건 아니지
스스로 오겠다고 도장을 찍고는
까맣게 하얗게 잊어버렸네

노인 (물웅덩이를 내려다보며) 안 그러냐? 잉크빛 거울아!

노인은 그제야 고개를 들어 청년을 면밀히 살핀다. 그러고는 그에게 묻는다.

노인   근데, 자네 이름이 뭔가?

무유   '무유' 라고 합니다.

노인   뭐라구? '무우' 라구? 무우~우(소 울음을 흉내 낸다)

무유   아뇨. 없을 무(無), 있을 유(有)입니다.

노인   우유라. 소에서 나오는 젖 말이지?

무유   에잇, 귀가 안 좋으신가 봐요. 그냥 방랑자라고 불러주세요.

노인   뭐, 방랑자라고? 으응, 그래, 그래, 그게 진짜 이름이겠지. 세 자가 좋아. 두 자보다는.

노인은 뒷짐을 지고 무유의 주위를 한 바퀴 돈다. 문득 걸음을 멈추더니 생각에 잠긴다. 그러다가 번뜩, 뭔가를 이해했다는 듯이 고개를 끄덕인다.

노인   자아, 그러면 내가 자네 운명 좀 고쳐줌세. 손 좀 내밀어봐.

무유   저는 그런 미신 안 믿어요.

노인   미신도 종교야. 그래서 나는 어떤 종교도 안 믿지.

무유   그건 마찬가지 말이잖아요?

노인   흠, 모르는 것만이 마찬가지지. 그러니 자넨 이렇다 저렇다 투덜대지 말고, 잠자코 지켜보고만 있으라구!

노인은 등을 돌린다. 자신의 품에서 이상한 물건을 꺼낸다. 낡은 한지, 붓한 자루, 가위, 딱풀, 그리고 소주병 하나. 노인은 얼른 소주 한 잔을 마신다. 나머지는 '고수레' 를 하고는 주문을 외운다.

노인   수리수리 마수리 알람브라 아함브라. (잠깐 멈춘다) 아, 참, 더러운 것도 필요하지.

물울덩이에서 흙탕물을 떠서 소주와 섞는다. 노인은 그걸 한 잔 더 마시고, 무유에게도 권주한다. 무유는 의심스런 눈길로 노인을 보며 고개를 세차게 젓는다.

노인   그렇다면 좋아! 두 손을 둥글게 오므리게나.

무유   (마지못해) 에잇. 이런 건 미신이라니까요!

노인은 아랑곳하지 않고 한지에 붓으로 뭔가 부적 같은 걸 적는다. 가위로 종이를 넷으로 자른다. 무유의 두 눈에다 네모난 종이를 하나씩 붙이고 두 손바닥에도 붙여준다. 그 위에 혼합주를 살짝 뿌린다. 음식에 양념을 뿌리듯.

노인   자아, 이제 손을 들여다보게, 뭐가 보이나?

무유   아무것도 안 보여요.

노인   아무것도?

무유   네. 아무것도.

노인   그거 참, 캄캄하군. 딱하고 딱해. 젊은이가 왜 이리 생각이 딱딱하게 굳었나? 캄캄한 건 그건 바로 자네가 눈을 감고 있기 때문이야. ~~눈을 떠보라니~~!

무유   (눈에 붙어 있는 종이를 만지며) 앗, 이건 뭐죠?

노인   그건 자네가 가고 싶은 곳을 데리고 갈 버킷리스트야. 아니, 티켓이지. 프리 티켓! F. R. E. E. 프리! 그러니 마음이 원하는 걸 말해봐! 간절한 말엔 신묘함이 붙어 있거든…….

무유 에잇 씨! 그런 사기 같은 건 안 믿어요!

무유는 부적 종이를 모두 떼어서 땅바닥에 팽개친다.

무유 여보세요. 아니 할아버지, 혹시 저를 우주 여행이라도 보내주신 다면 모를까, 아니면 이 지루한 현실 너머 새로운 세계를 보여 주신다면 모를까, 이런 유치하고 촌스런 짓은 믿을 수가 없어 요.

노인 에구구, 요구가 많군. 욕심도 많구. 그래도 젊으니까 일단은 봐 주겠네. 잘 듣게나. 그 프리 티켓을 잘 쓰게나, 프리니까. F. R. E. E. 이게 암호이자 비번이야. 이 무한한 '프리'를 잘 기억해놓 게. 바이, 바이.

노인은 무대 밖으로 사라진다. 홀로 남은 청년은 어찌할 바 모르고 우두커 니 서 있다. 바닥을 내려다보다가 자기가 버린 부적 종이를 보고 다시 주 우려고 한다. 그러자 그것이 갑자기 붕, 공중에 떠서 나비처럼 날아다닌다. (관객 눈에는 보이지 않지만 노인의 낚싯줄에 걸려 있음)

무유 (부적 종이를 잡으려고 애쓴다) 어, 어, 어? 이 프리 티켓이?

노인 (목소리만 들린다) 그렇다니까. 말이란 마법 그 자체라니까…….

멀리서 보면 청년은 나비를 잡으려는 것처럼 보인다. 그는 강아지가 꼬리 를 따라 맴돌듯이 뱅글뱅글 돌기도 하면서 허공에서 춤추는 부적 종이를 따라 무대 밖으로 나간다. 그러자마자 곧 무대 뒤에서 첨벙! 소리가 난다. 그가 강물에 빠지는 소리다.

무유   아악, 사람 살려!

무대에 아무도 없다. 노인의 외침만이 들려온다.

노인   여행은 그리 길지는 않을 걸세! 늦어도 해 질 녘까진 돌아올 수 있을 게야. 그러면 이따 봄세. 익사하지 않도록 조심해서 헤엄 치라구!

메아리가 사라지듯이 노인의 목소리는 서서히 작아진다.
이어서 강물 소리만 철썩철썩 들려온다.

— 암전 —

제2장

장소 : 한강 근처에 있는 고대 전쟁터(고구려와 신라)

무유가 눈을 감은 채 무대에 등장한다. 둥둥 북소리가 만연하다. 그는 두 군대를 발견하고는 흠칫 놀란다.

곰을 숭배하는 북쪽 나라 웅족과 호랑이를 숭배하는 남쪽 나라 호족이 양 편으로 나누어져 있다. 맨 앞엔 각각 대장이 있고, 그 뒤로 군졸들이 꼬리 를 물고 계속 이어진다. 마치 그림자처럼, 또는 거울의 복제처럼. (무대 뒤 쪽에 스크린 영상이 설치되어 있어 배우 대신 영상으로 처리함.)

양쪽 부족은 깃발을 들고 호전적인 자세로 서 있다.
군사들이 둥둥 북소리에 맞추어 군무를 춘다. 호족이 먼저 노래하고 이어 서 웅족이 노래한다.

호족의 노래

어~흥, 우리는 호랑이 부족
산속의 왕, 호랑이를 숭배하지
이 세상에서 가장 정의롭지
빠르고 영리하지, 아무도 우릴 이길 수 없지
이빨로 물어뜯고 발톱으로 할퀴지
아무도 우리 영토를 건드릴 수 없지
나라의 주인은 바로 우리! 어흥, 어흥. 어흥

웅족의 노래

쿵쿵쿵쿵, 우리는 곰의 부족
위대하고 힘센 곰을 숭배하지
세상에서 가장 힘이 쎄지
강하고 용감하지, 아무도 우리를 당할 수 없지
한 손으로 산을 무너뜨리고
한 손으로 강물을 움켜잡는
나라의 주인은 바로 우리! 쿵쿵쿵쿵

얼떨결에 무유는 남쪽 나라 호족의 군대 속에 끼여 있다. 그들과 함께 군무도 춘다.

군사들의 출정 노래

대장 : 가자, 가자, 죽이러 가자!

합창 : 찔러! 죽여! 없애!

대장 : 전진, 전진, 깃발 높이 들고! 칼을 휘두르며!

합창 : 찔러! 죽여! 없애!

대장　　가자, 가자. 어서 빨리! 말을 타고, 활을 쏘며.

합창　　찔러! 죽여! 없애!

대장　　나아가자, 나아가자, 남자답게! 용감하게!

　　　　양편이 동시에 무기를 든다. 싸우려고 함성을 지르고 전진하려는 순간 무
　　　　유가 소리를 지른다.

무유　　잠깐! 스톱! 스톱!

　　　　무유가 외치자 호족과 웅족 모두 일제히 발걸음을 멈춘다. 북소리도 끊긴
　　　　다.

무유　　(적을 가리키며) 나, 저 사람들 알아요. 제 친척이죠.

호족대장 뭐어? 친척이라고?

무유　　예, 그렇습니다. 아마 당신에게도 그럴 겁니다.

호족대장 무슨 소리야! 그래도 싸워야 돼. 죽여야 돼.

군사합창 (동시에) 찔러! 죽여! 없애!

무유　싫어요! 형제와는 싸우기 싫어요!

호족대장　어떤 놈이야? 당장 이리로 끌고 나왓!

　　　　　이때 한 존재가 검은 옷을 입은 이미지로 무대에 등장한다. 조두! 그는
　　　　　무대 구석에서 지켜만 볼 뿐 행동이나 말을 하지 않는다.

웅족대장　(불쑥 끼어들며 외친다) 그 말 맞아요, 맞아! 우린 당신들 형제랍니
　　　　　다!

호족대장　그건 네놈들이 할 말이 아니지. 누굴 속이려고? 이 간교한 놈들
　　　　　같으니라고!

　　　　　병졸 하나가 무리 속에서 무유를 끌고 나온다. 무유는 등 뒤에 기타를 메
　　　　　고 있다. 호족대장은 눈알을 부라리며 그의 주위를 한 바퀴 돈다. 그러고는
　　　　　그는 의심스런 눈초리로 무유를 째려본다.

호족대장　넌 누구지? 못 보던 놈인데? 그리고 이건 또 어떤 무기야? 못 보
　　　　　던 건데?

무유　　(기타를 가리키며) 이건 무기가 아니라, 악기입니다.

호족대장　뭐? 이 세상에 무기가 아닌 것도 있냐?

무유　　'기타' 라는 노래하는 도구입니다.

호족대장　무슨 말인지 모르겠군. 근데, 넌 못 보던 놈인데? (티셔츠와 청바지
　　　　　를 보고) 어라? 창피하게 내복만 입고 있잖아?

무유　　아, 아닙니다. 요즘 유행하는 옷입니다. 그러니까 저는……, 그
　　　　　러니까 저는…….

호족대장 네놈 이름은 알 필요는 없고, 싸울 것이냐! 말 것이냐! 그것이 문제닷!

무유 거절하겠어요!

호족대장 그게 무슨 말이지? 그런 선택이 있을 수도 있나?

무유 싸워야 할 이유를 알 수 없으니까요.

호족대장 이유는 무슨 이유? 싸움은 생존이야! 불가피하지. 저들을 죽여야 우리가 살 수 있는 거다! 알았나?

무유 그래도 싫어요. 앗! 근데 저들은……,

무유는 말을 멈추더니 웅족 쪽으로 다가간다. 서 있는 군인들의 코앞에다 기타 소리를 띠리링, 튕겨본다. 영상에서 스톱모션이 된 그들은 무표정하고 돌처럼 아무런 반응이 없다.

무유 자아, 자알 보세요! 그저 그림자잖아요! 이미지일 뿐이에요. 실제로 존재하는 건 아니잖아요.

호족대장 상관없어!

군사합창 그래도 상관없어! (양쪽 부족이 동시에 소리친다) 찔러! 죽여! 없애!

호족대장 이 헛소리하는 놈이나 당장 묶어라.

무유 헛소리 아녜요!

웅족대장 (또 개입하며) 그렇죠. 헛소린 아니죠!

불쑥 웅족의 대장이 나선다. 그가 갑자기 종이로 만들어진 자신의 군복을 찌익찍 찢으며 교활하게 말한다.

웅족대장 (코맹맹이 소리로) 자아, 보세요. 우린 '종이'예요. '적'이란 관념이
죠. 종이로 만들어지고 종이에 적힌 '적'이라고 불리는 이름이
죠.

호족대장 이게 누굴 속이려고! 이 교활한 놈들 같으니라고!

호족대장의 노래

전쟁은 전쟁, 놀이는 놀이,
대체 그걸 어떻게 구별하나?
형제는 형제, 적은 적,
대체 그걸 어떻게 구별하나?
(군사들 후렴 합창) 찔러! 죽여! 없애!

호족대장 아아, 알았다 알았어. 네놈이야말로 저쪽 첩자가 틀림없으렷다!

무유 아녜요! 아닙니다! 전 당신들의 후손입니다. 미래에서 온……

호족대장 계속 헛소리하는 걸 보니 죄가 있는 모양이다. 빨리 이놈을 꽁
꽁 묶어!

웅족대장 찬성이오! 그럽시다! 서로 싸우기 전에 그놈부터 처리합시다!
우리의 숭고한 투쟁을 방해하는 훼방꾼부터 제거합시다!

군사합창 (양편 다 고함을 지른다) 찔러! 죽여! 없애!

호족과 웅족은 갑작스레 싸움을 접고 합심하여 무유를 밧줄로 꽁꽁 맨다.
말뚝(1장에 비틀어진 앙상한 나무)에 묶인 무유가 사납게 몸부림친다.

무유   전 첩자가 아녜요. 오해입니다. 오해! 억울합니다! 살려주세요!

군인들은 무심하다. 조금 전 험악했던 분위기는 누그러져지고, 양쪽 병사들이 합창한다.

병사들의 노래

온 세상이 불에 타서 재만 남아도
우리가 알 바 아니지
병사들은 그저 허수아비 바보
꼭두각시 종이인형이지

모든 걸 불 지르고 파괴해도
서로 죽이고 죽임을 당해도
전쟁은 우리들 탓이 아니지
아, 인간의 역사는 전쟁
밤이면 밤마다 꾸는 끔찍한 악몽

그들은 말뚝에다 무유를 묶는다. 그의 손을 뒤로 묶고 헝겊으로 두 눈을 가린다. 그런 후 양쪽 대장은 서로 손을 잡고 악수를 한다.

호족대장 (큰 소리로) 어이, 곰 부족 대장이여. 이상한 놈 때문에 이상한 일이 일어났소. 잠시 휴전을 선언하고 잠깐만 서로 쉽시다. 본격적인 전투가 시작되기 전에 말이오.

웅족대장 찬성이오. 그럽시다. 아직 그쪽을 박살내지 못해 심히 유감이지만 이런 일은 평생 한번 올까 말까 하는 기적 같은 행운이오.

호족대장 그러고 보니 미친놈도 가끔 쓸 데가 있구려.

웅족대장 그렇소. 미친놈이 고맙게도 막간의 평화를 몰고 왔구려.

대장들은 서로에게 술을 따른다. 그들은 서로의 어깨를 치며 술을 마시려는 순간 어디선가 쨍그랑, 소리가 들린다. 갑자기 긴장이 일어나 모든 움직임이 멈춘다. (스톱모션).

호족대장 (움직임을 푼다) 그런데?

웅족대장 (사나운 눈초리로) 그런데 뭐요?

호족대장 무슨 소리가?

웅족대장 들린 것도 같은데…….

호족대장 (자신의 손에 들린 술잔을 보며) 아하, 이 뿔로 만든 술잔이 부딪히는 소리였구먼.

웅족대장 (자신의 손에 들린 잔을 보며) 내 술잔도 흥분했구려.

호족대장 (다른 손에 들린 무기를 내리며) 허허허. 우린 너무 닮았소이다.

적군대장 (오른손에 들린 무기를 내리며) 그러고 보니 그런 것 같소. 흐흐흐.

양편은 긴장을 풀고, 헛웃음을 터뜨리며 죽배의 잔을 마신다.

호족대장 취해선지 정말 우린 닮아 보이는데? 당신 진짜요?

웅족대장 술에서 깨어나지만 않는다면 진짜겠지, 아니오?

호족대장 허허허, 이거 미쳐 자빠지겠소이다? 닮은꼴이라니! 싸울 때는

적으로 보였는데…….

웅족대장 그러면, 미친 정신일 때만 싸웁시다!

호족대장 그럽시다. 미친 정신일 때만!

두 대장의 이중창

찔러! 죽여! 없애!

우리가 살려면 도리가 없어

하늘의 태양은 오직 하나

양보하면 절대 안 돼, 이해하면 엄청 위험해

찔러! 죽여! 없애!

우리가 배운 것 오직 이것뿐

우리가 믿는 것 오직 이것뿐

우리는 군대, 우리는 전체, 우리는 하나

북소리가 둥둥 울린다. 무유는 말뚝에 묶여 하늘을 쳐다보며 원망조로 노래한다.

무유의 노래

아아아 여기도 견딜 수 없네

어딜 가도 싸움판이니

평화를 찾아 길을 떠났건만

종착역은 언제나 전쟁터이네

우우우 둘러봐도 사랑은 없네
어딜 가도 증오뿐인 세상
난 여기를 떠나고 싶네

노래를 마친 무유는 날개가 꺾인 새처럼 축 처진다. 주변이 어두워진다. 누군가 슬금슬금 기어서 무유에게 다가간다. 그의 목을 축여주려는 듯이 술이 담긴 바가지를 건넨다. 그러면서 나지막하게 속삭인다. (조두가 아님)

아무개 (노인의 목소리로) 이것 봐, 젊은이. 바로 뒤가 절벽이야. 그 아래가 한강이고! 그쪽으로 몸을 날리라고! 그래야만 탈출할 수 있지. 용기가 있다면 말이야. 죽음도 불사하겠다는 그런 용기가 있다면 말야.

무유는 그 말에 정신이 번쩍 든다. 그는 말뚝에 묶인 채로 뒷걸음친다. 병사들이 나태해진 틈을 타서 절벽 쪽으로 몸을 던진다.

무유 아아, 이건 정말 고약한 악몽이야!

첨벙! 소리가 들려온다. 이 지점에서 조두도 말없이 퇴장한다.

— 암선 —

제3장

장소 : 시청 건물

시간 : 3020년 어느 날 아침

째깍째깍 시계 초침 소리가 들려온다. 시청의 아침 조회 중이다. 무대 뒤에서 무유가 튕겨 나온다. 마치 바다 수면 위로 튕겨 나오는 물고기처럼!

미래의 지배 계급은 모두 AI 로봇이다. 로봇은 빠르고 무감각하게 노래한다.

미래인의 노래

인공은 인공, 자연도 인공

사랑은 금지, 의무는 유효

여기는 파라다이스, 완성된 유토피아

청결하고 완벽하고 질서가 있지

사랑 따위는 하지 않지

생명은 인공으로 배양하니까

죽음도 유독 가스로 처리하니까

시장이 뒤뚱뒤뚱 등장한다. 뚱뚱한 AI 로봇이다.

시장   굿모닝! 에브리바디!

직원들   (단체로) 굿모닝! 보스!

시청 직원들은 로봇이 아니라 인간이다. 그들은 강철 유리로 봉합된 투명 헬멧을 쓰고 우주복 같은 유니폼을 입고 서 있다. 그 가운데 무유만이 머리가 길고 옷차림이 지저분하게 보인다.

시장   (무유를 발견하며) 어이, 어이, 자넨 옷차림이 왜 그 모양이지? 처음 보는 복장인데? 자넨 인간인가?

무유   당연히 인간 같아 보이지 않나요?

시장   말이 많은 걸 보니 인간 맞네. 근데 왜 헬멧을 안 썼지?

무유   (주위를 두리번거리며) 헬멧요?

시장   빨리 죽고 싶어 안달이군! 로봇이 아닌 이상, 한 시간만 오염된 공기를 들이마시게 되면 폐가 멈춰버리는 걸 몰라? 인간은 에고가 쎄서 도무지 말을 안 들어먹는단 말야. 어이, 여기 헬멧 하나 가져오게.

무유   으윽, 제기럴! 이럴 줄 알았다니까! (갑자기 기침을 한다) 쿨럭쿨럭. 쿨럭쿨럭.

시장   누가 빨리 이 친구한테 헬멧을 빌려주라!

시장 비서인 여자가 앞으로 나선다. 그녀는 조용히 자신의 헬멧을 벗어 무유에게 넘긴다.

여자 우선 제 걸 드리죠. 빨리 헬멧을 쓰세요.

시장 착하군! 과연 여자다워. 그 행위 때문에 네 생명이 단축될 텐데도……. 아무튼 여자아이를 더 생산해야 우리 사회가 더 진보적으로 갈 건 확실해. 골치 아픈 점도 많이 양산되겠지만.

무유 (숨을 헐떡이며) 고마워요. 하지만 이거 숨이 더 막히는데요? 쿨럭 쿨럭.

여자가 헬멧을 무유 머리에 씌워주자마자, 벨이 찌링찌링 시끄럽게 울린다. 시장은 아침 조회를 해산하라는 신호로 착각하지만 실은 사랑의 행위에 대한 경고 벨소리이다.

이때 조두가 등장한다. 그는 무대 구석에서 그림자처럼 서 있다.

시장 아침 조회 끝! 자 이제 각자 맡은 일로 돌아가도록!

직원들 넷! 넷! 넷! 넷!

시장 휴식 때까지 일에만 집중할 것!

직원들 넷! 넷! 넷! 넷!

시장 필요 없는 말들이랑 삼갈 것! 특히 근무 중엔 서로 말하지 말 것!

직원들 넷! 넷! 넷! 넷!

시청 직원들은 하나, 둘, 발을 맞추며 퇴장한다.

시장 (무유를 보며) 넌 왜 아직 남아 있는 거지? 부서가 어디야? 아까부터 굼뜨게 행동하는 걸 보니 뭔가 유전자에 이상이 생겼나 보군. 어이, 비서. 얼른 이 친구를 병원에 데려가 속히 유전자 검사를 받게 해.

무유는 무슨 말인지 몰라 어리둥절해한다. 그러자 여자가 재빨리 시장의 말을 막는다.

여자 네, 시장님.

시장 알아서 신속하게 처리하도록!

여자 염려 놓으십시오. 제게 맡기십시오, 이런 일을 한두 번 해본 게 아니니까요.

무유 (어리벙벙하여) 어, 병원요? 난 거기를 제일 싫어하는데?

여자 (나지막하게) 빨리 저를 따라오세요.

시장은 퇴장하고 여자와 무유만 어둠침침한 복도에 남는다. (조명 In)

무유 이 헬멧은 계속 쓰고 있어야 하나요?

여자 물론이죠. 물 밖으로 던져진 물고기가 생존할 수 없듯이 계속 살고 싶으시다면 쓰셔야 합니다. 생존의 필수품이죠.

무유 어이쿠, 여기도 살 만한 곳이 아니네요.

여자 근데, 당신 이상해요. 어디서 왔죠?

무유 아, 네. 그게…… 그게 실은……

방랑밴드

여자 우주 탐험 행성에 문제인간을 보내는 프로젝트가 있는데 거기 소속인가요?

무유 아닙니다, 저는······.

여자 근래에 들어와선 이런 일이 종종 일어난다는 소문을 들었는데 그게 사실이었군요. 그렇다면 당신은 위험해요. 만약 보스가 알게 되면······.

무유 그런데 당신 보스는 로봇인 듯한데? (흘끔 여자의 눈치를 살피며) 그렇죠? 맞죠? 우아, 로봇이 인간들을 지배하고 있다니! 이거 정말 믿을 수 없군요!

여자 그렇게 생각하지 말아주세요. 로봇은 월등한 족속이에요. 사회를 눈부시게 진보시켰지요. 골치 아픈 문제들을 많이 해결해주었죠. 여긴 불공평도 없고요. 불의도 없고요. 정치가들도, 사기꾼도 없어요. 로봇은 인간에 비해 머리가 좋아요. 계산도 완벽하고요. 인간처럼 실수도 없죠. 모든 면에서 인간을 능가하죠. 사람들이 쓸데없이 자유를 요구하려고 들지 않는다면 삶은 완벽하다고 말할 수 있어요. 또 사랑에 빠지지만 않는다면요.

무유 맙소사! 인간에게 사랑과 자유를 빼놓고 뭐가 중요하단 말인가요?

여자 쉿! 조용하세요. 일단은 여기서 빠져나가고 나서 입을 여세요.

무유 어디롭니까?

여자 잠자코 따라오세요.

무유와 여자가 퇴장한다. 조두도 고개를 갸우뚱하면서 따라간다.

제4장

장소 : 여자의 큐빅 아파트

무대 뒤로부터 보름달이 떠올라 무대 세트를 만든다. 둘이 보름달 속에 들어가 있는 느낌을 준다.

여자   여긴 제 아파트니까, 이제 안심하시고 말을 해도 됩니다.

무유   우아, 여긴 달 속에 들어온 듯이 아늑하네요. 엄청 깨끗하고요 (실내를 다시 둘러보며) 근데……? 먼지 하나 없이 청결하지만 실내에 아무것도 놓여 있는 게 없군요. 혹시 무소유를 주장하시나요? 아니면 미니멀리스트?

여자   (갸우뚱하며) 아니, 나라에서 다 해결해주는데 뭐 필요한 게 있나요?

무유   아무리 그래도 지루한 시간을 어떻게 견디죠? 때론 음악을 듣는다든가. 때론 책을 읽지는 않으세요?

여자   뭐요? 책이 뭐죠?

무유 (놀라며) 우아, 이거 정말 놀라 자빠지겠네! 책이 뭔지 몰라요? (혼자 중얼거린다) 아름다운 여자가 골빈당이라면 곤란한데? 흠흠. 책이란 것은요, 겉으론 납작한 직사각형으로 만들어졌지만 문처럼 열 수 있고 그 안에 우리가 말하는 말들이 들어 있지요. 글자의 형태로요. 그래서 그것들을 눈으로 따라가다 보면 가보지 않은 세계도 공짜로 경험할 수 있죠. 저는 개인적으론 노래가 없어도 살 맛이 안 나지만 책이 없으면 더 살 맛이 안 나는데…….

여자 아하, 그거요? 그게 뭔지 알겠어요. 우리 시대엔 그거 사라진 지 오래되었어요. 정신을 어지럽히는 종이 쓰레기들을 말하는 거군요. 그것들을 없애버린 지 꽤 오래됩니다. 인류를 위해서 천만다행 아닌가요?

무유 오 마이 갓! 끔찍하군요! 세상은 깨끗하겠지만 머릿속은 캄캄하겠군요. 그 이야기를 듣고 나니 여길 당장 떠나고 싶네요. 혹시 출구를? (입술을 깨물며) 아, 참, 아까 당신의 친절에 감사하다는 말을 깜빡했네요.

여자 (부끄러워하며) 별 말씀을……?

무유 당신이 아니었다면 큰일 날 뻔했어요. 아마도 폐가 망가져 죽었을 거예요.

여자 당신을 처음 봤을 때 누군가가 생각났어요.

무유 (응큼한 어조로) 그게 누군가요?

여자 제 동생이었죠. 얼마 전 유전자 검사를 받고 폐기 처분 받았죠.

무유 (놀라며) 네? 무엇 때문에?

여자   (잠시 침묵하다가 한숨을 내쉰다) 무엇 때문이었겠어요…….

무유   혹시 사회 체제에 반대라도 했나요?

여자   그래요. 당신 짐작대로예요. 제 동생은 고전주의 복귀를 주장
       하다가 조직에서 축출되었죠. 법원 판결로 폐기 처분을 받아 병
       원에서 죽음을 맞이했지요. 일단 폐기 처분을 받으면 도리가 없
       어요.

무유   무시무시하군요!

여자   무시무시한 형벌이었죠.

무유   완벽한 세계에도 반항아는 존재하는군요. 의외네요……. 아 참,
       (여자의 눈치를 보며) 저도 당신을 처음 보았을 때 누군가가 생각났
       어요.

여자   (수줍어하며) 어머, 그래요?

둘은 서로의 눈동자를 들여다본다. 갑자기 상황이 돌변하여 모든 게 스톱
모션이 되어버린다. 아파트 실내의 색이 서서히 바뀐다. 배경 음악이 희미
하게 들려온다.

여자   전엔 이런 일은 없었는데, 가슴 한가운데 초인종이 설치되었는
       지 (가슴을 가리키며) 여기가 자꾸 찡찡 울려요. 이런 감정을 느끼
       면 즉시 보스에게 보고해야 되고, 치료를 받아야 하지만, 왠지
       그러고 싶지 않네요.

무유   누구한테 보고한다고요?

여자   보스에게요.

무유 (놀라며) 왜요?

여자 남녀 간의 사랑은 금지되었어요. 불법이에요.

무유 으아, 또 놀라 자빠지겠네요. 그런 법도 있다니!

여자 사랑은 불필요한 행위니까요.

무유 그러면 아기는 어떻게 만들죠?

여자 생명을 실험관에서 인공 배양해서 태어나게 하는 건 이백 년 전
부터죠. 저도 그렇게 태어났는걸요.

무유 그래요?

여자 (자랑스럽게) 네, 그래요. 이 시스템이 사회에 더 진보적이죠. 월
등한 유전자끼리 배합하면 능력자를 태어나게 할 수 있거든요.
'맞춤형 아기' 죠. 그래봤자 인간은 보스가 될 수는 없지만.

무유 으으, 끔찍하군요. 인간의 미래가……

여자 (펄쩍 뛰며) 아녜요. 그렇게 생각하지 마세요! 우리 사회의 모든
판단과 결정은 로봇들이 아주 잘 운영하고 있어요. 적어도 천
년 전보다 낫지 않나요? 이젠 서로를 죽이는 전쟁 따위는 없어
졌죠. 이것만 해도 엄청난 진보가 아닌가요?

무유 진보, 진보, 하시니까. 왠지 전 당신에게로 한 걸음을 진보하여
입맞춤하고 싶어지네요.

여자 그러려면 우선 헬멧을 벗어야 하고요. 또 키스하는 사이에 더러
운 공기를 마시지 않으려면 빨리 해치워야 돼요.

무유 어휴, 이거 너무 비낭만적 아녜요?

여자 훨씬 효율적이잖아요?

무유 맙소사! 효율적이라니? 사랑에 무슨 효율이?

여자 우리 사회엔 그게 가장 중요한 가치이자 척도예요.

무유는 키스하려고 헬멧을 벗어던지고 여자에게 다가간다. 갑자기 여자가 제지한다.

여자 잠깐만요!

무유 당신에게 키스하고 싶어요.

여자 잠깐 기다리세요. 간단한 설명을 드리자면 우린 타자의 타액에 면역이 없어요. 모든 세균에 약하거든요. 과거인들은 온갖 바이러스 박테리아 세균들을 많이 소지하고 있다고 들었어요.

무유 미래인들의 사랑은 다 이런가요?

여자 (눈을 흘기며) 아까 말했잖아요! 사랑은 불법이라고요!

여자는 핸드백을 열어 주섬주섬 주사를 꺼내 스스로에게 약을 투여한다. 마치 당뇨병 환자처럼. 그런 후 둘은 헬멧을 벗고 다가가 키스를 한다. 그때 벨이 찌르릉 울린다. 여자가 깜짝 놀란다.

무유 제가 당신을 히스테리하게 만들고 있군요. 불안하게 해드리고 싶지 않아요. 오히려…… 당신을…….

여자 쉿! 누군가가 오고 있어요!

꽝꽝 문을 두드리는 소리가 들려온다.

경찰 경찰이오! 문을 여시오!

여자	(당황한다) 이를 어쩌나! 이를 어쩌지?

여자는 새파랗게 질린 표정이다. 그녀는 망설이지만 곧장 문을 열어준다. 문 앞에 경찰이 서 있다. 물론 AI 로봇이다. 경찰이 들어온다. 그 뒤를 따라 검정 옷을 입은 조두도 등장한다.

경찰	당신들을 체포하려고 왔소!
무유	아니, 무슨 이유로?
경찰	사랑의 에너지가 감지되었기 때문이오.
무유	뭐라고요? 우아, 까무러치겠네. 그런 걸 대체 어떻게 알 수 있단 말이오?
경찰	아파트 내에 설치된 감지기에 걸렸소.
무유	스모그 감지기처럼요?
경찰	그렇소. 스모그처럼.
무유	우린 오직 키스만 했을 뿐인데……. 체포라니? 너무 심한 거 아닌가요?
경찰	우린 모르오. 컴퓨터 감지기에 걸린 진동이 이렇게 높게 기록되었다는 건 위법에 속하오.
무유	체포하려면 체포영장을 보여주세요!
여자	(그를 제지하며) 당신은 모르겠지만 우리 사회 시스템은 완벽한 신뢰에 의해 운영되어서 그런 게 필요하지 않아요. 거짓이 없기 때문이죠. 허위와 불공평과 거짓투성이인 당신의 시대와는 달라요.

무유　그래도 요구합니다! 체포해야 하는 법적 근거를 대세요!

경찰의 태도는 전혀 폭력적이거나 강요적이지 않다. 동시에 감정적 동요도 없이 냉정하다. 그는 순순하게 핸드폰에서 헌법을 찾아본다. 그걸 소리 내어 읽는다.

경찰　헌법 매뉴얼에 의하면, '이성 간의 육체적 접촉은 그다지 중요하지 않다. 하지만 감지된 사랑 에너지의 강도가 높을 경우는 사회에 위험하다.'라고 적혀 있소. '그럴 경우 전염의 위험성이 높다!'라고 별표까지 그어져 있소.

무유　이제 보니 당신네 사회는 엉터리군요. 아니, 비본능적이고, 비상식적이고, 비인간적이고, 겁쟁이들뿐이네요!

여자　우리를 모독하진 말아주세요. 그래도 진보된 사회니까요.

무유　아으, 그 진보라는 말은 이젠 의심스럽군요.

경찰　당신 둘을 즉석 체포하오.

무유　대체 죄명이 뭐요?

경찰　사랑이란 불법을 저지른 죄요.

무유　그렇다면 기꺼이 잡혀가겠소.

경찰은 여자와 무유에게 수갑을 채운 후에 두 사람을 데리고 부대를 떠난다. 조두도 걱정스런 얼굴로 따라간다. 빈 무대에서 째깍째깍 시계 소리가 크게 들려온다.

— 암전 —

제5장

장소 : 병원이자 법정.

실내가 북극 빙하처럼 온통 차고 희다. 경찰이 앞서서 등장하고 뒤를 이어 두 사람은 비닐 밧줄로 꽁꽁 묶인 냉동된 명태처럼 뻣뻣한 자세로 들어온다. 조두도 그들 뒤로 소리 없이 등장한다.

경찰   범법자들을 체포하여 데려왔습니다! 판결을 내려주시길!

의사   수고했소.

무유   경찰서로 가는 줄 알았는데? 아니 여긴 병원이 아닌가요?

여자   맞아요. 여기서 모든 게 일어나죠. 삶과 죽음, 생명 폐기 판결까지도. 당신 시대도 병원도 이미 그렇지 않나요?

무유   허긴 그렇죠. 하지만 병원이 심판과 처벌의 장소는 아니에요.

여자   우리 시스템이 더 효율적인 구조예요.

경찰   그럼 그만 물러갑니다. 경례!

의사   수고했소.

의사는 안경 쓴 AI 로봇이다. 의사는 얼음으로 된 의자에 앉아 스크린에서 범죄 서류를 읽는다.

의사 흠, 흠, 흠. 이건 수술 건이 아니라 재판 건이군.

무유 (여자에게 속삭이며) 저 작자는 의사가 아니라 판사 같군요.

말없이 구석에 서 있는 조두도 고개를 끄덕인다

여자 쉿, 조용하세요. 법정을 존중해야 돼요.

조두도 검지를 입술에다 댄다. 하지만 무유는 고개를 꼿꼿이 세우고 의사를 반항하는 눈초리로 째려본다. 의사가 그의 시선을 의식하고 불편해한다.

의사 요즘엔 드문 병이군. 유전자 검사는 필요 없는 것 같소. 전염이나 유행이 될 수도 있는 위험한 사건이니 스피디하게 즉석 판결을 내리겠소.

무유 쳇! 맘대로!

의사 법정 모독을 삼가시오.

무유 내가 뭘 했길래 이러는 거요?

의사 당신 눈빛 에너지가 법을 무시하고 있소. 강도가 무척 쎄고.

무유 그거야 내 맘 아니오.

의사 반항의 에너지는 파괴적이오. 체제에 대한 모반으로 이어지기 마련이고, 게다가 사회 전반에 전염성이 높소. 미리 방지하는 방법이 최선이오.

무유 그것 참 이상하군요! 눈빛 같은 건 아무도 이래라저래라 할 수 없는 게 아닌가요? 적어도 인간에겐 자유의지가 있지 않나요?

의사 바로 그것 때문에 인간이란 골치 아픈 존재이지. 또 그것 때문에 로봇보다 열등한 것이고. 하찮은 인간이 위반한 하찮은 일로 시간을 지체할 수 없으니, 신속하게 법을 진행하겠소.

무유 맘대로! 어차피 뭐.

의사 (로봇 목소리로 무감각하게 읽는다) 케이스 One. 이 남성은 위법 행위에도 불구하고 죄에 대한 의식이 없고 반성의 여지도 보이지 않으며, 또한 체제에 대해 반항적인 태도를 지니고 있기에 위험한 인간으로 판단된다. 따라서 폐기 처분의 형을 내린다.
케이스 Two. 이 여성은 위법 행위는 있으나, 시청 직원으로서 그동안의 공로를 참작해서 지하실 노동자로 강등시킨다!
이들의 범죄인 사랑이 감염의 소지가 높아 사회에 위험한 까닭에 즉석 판결을 내릴 수밖에 없음을 밝힌다. 탕탕탕!

의사가 판결문을 읽은 후 얼음 망치를 내리친다. 조두가 깜짝 놀라 바닥에 바싹 엎드린다.

— 이 장소가 순식간에 수술실로 변한다. 장면 전환 —

문이 열리더니 의료진 네 명이 나타난다. 물론 로봇이다. 그들은 아무 말도 없이 다짜고짜 두 사람의 키를 재고, 피를 뽑고, 혈압을 재고, 건강 체크를 한다. 그러고 난 후 커다란 기계를 끌어다가 무대 중앙에 설치한다.

수술을 시작하려는 듯이, 손에 비닐 장갑을 끼고, 머리에 수술 모자를, 입에는 마스크를 쓰고, 수술 도구인, 칼, 가위, 톱, 바늘과 실을 들고 네 명의 의료진이 노래한다.

의료진의 노래

아무도 우리 칼을 피할 수 없지
문득 번쩍이며 인간의 목을 찌르지
어느 날 우리가 너희 심장을 열게 된다면
순순히 복종하라 기꺼이 수락하라
누구도 이 칼날을 피할 수 없으니
우린 동, 서, 남, 북, 너희들의 저승사자

무유   (겁먹으며) 이제 전 죽는 겁니까? 우린 영원히 못 만나게 되나요?

여자   두려워 마세요. BXAX 주사를 맞으면 의식을 잃어버리겠죠. 하지만 그게 끝은 아니에요. 들은 바에 의하면 그저 다른 세계로 보내지는 것뿐이라고 하니까요.

무유   에? 그건 또 무슨 말이죠?

여자   의식을 잃은 육체를 팩스로 집어넣지요. 어느 세계로 보내지는 건 미지수예요. 어떤 법칙이 존재하지만 아무도 알 수는 없어요. 다만 어떤 시간 속에서는 당신은 존재하지만 나는 존재하지 않을 수 있고요. 또 어떤 다른 시간에서는 나는 존재하지 않지만 당신은 아마 존재할 수도 있을 거예요.

무유   무슨 말인지 모르겠군요. 제가 원하는 건 오직 당신과 영원히 함께 있고 싶은 것뿐이에요.

여자   그런 건 가능하지 않아요. 당신은 과거인이라 미개한 점이 많아요. 그걸 먼저 정화하셔야 돼요. 그래야만 시간 속에서 서로 만날 가능이 커지죠.

무유   당신은 어찌 이리도 지성적인가요? 난 눈물밖에 나오지 않는데…….

남자의 노래

아아 슬프다, 나의 사랑아

그대 없는 길은 어둠뿐이네

그대 달빛 사랑으로 날 영원히 비추어주오

여자의 노래

아아 애석해라, 나의 사랑아

우리의 인생이란 짧고 덧없는 것

그러나 사랑의 아름다움은 영원하리

[이중창]

이리 가까이 와요 나의 사랑아

이 지상에서 모든 게 사라지더라도

서로의 기억만은 영원하리

팩스 머신의 굉음이 노래를 삼킨다. 의료진들이 무유의 팔과 다리를 잡고 기계 속으로 밀어 넣으려고 한다. 마치 MRI 모형과 비슷하다. 그가 발버둥 치며 소리를 지른다. 이 광경을 구석에서 바라보고 있는 조두도 어쩔 줄 모르고 자신의 머리를 쥐어뜯는다.

무유 아, 억울하다! 이렇게 로봇에게 당하다니!
여자 안 돼요! 거기서 뛰어내리세요!

무유가 그녀의 말대로 이것저것 누르며 발버둥치지만 계속 모형 속으로 빨려 들어간다. 그는 어쩔 줄 모른다. 무유가 울음을 터트리자, 그 순간 여자가 갑자기 뛰어든다. 그녀는 무유를 팩스 기계에서 밀쳐내고, 대신 그 속으로 자진해서 들어간다. 바닥에 나뒹굴어 추락한 무유는 순간 정신을 잃는다.

— Max Richter의 〈A Lamenting Song〉 음악이 잠시 흐른다 —

잠시 후, 정신을 차린 무유가 서서히 바닥에서 일어난다. 여자를 찾으려 하지만 그녀는 이미 없다. MRI 팩스 머신 위로 '전송 완료!' 되었다는 신호가 뜬다.

무유는 절규한다. 기계를 부수고 전기 코드를 잡아당기며 난리를 피운다. 수술방의 퓨스 박스에 불꽃이 튕기면서 실내의 모는 선기가 나간다. 고장 난 의료진 로봇은 동서남북 사방으로 미끄러지며 그들의 신체 내부가 드러난다. 수술실이 아수라장으로 변한다. 전기 합선으로 불꽃이 여기저기 터지고 연기가 나기 시작한다.

그제야 조두가 지쳐서 쓰러진 무유를 안는다. 악몽에서 그를 구출하듯 조두는 무유를 등에 업고 후다닥, 무대에서 퇴장한다.

캄캄한 무대에 아무것도 보이지는 않지만 첨벙 첨벙, 한강 물소리는 들린다.

— 암전 —

제6장

장소 : 버스 정거장
시간 : 해 질 무렵

무대는 1장과 같다. 하루가 저물어가고 있고, 고장 난 자전거가 앙상한 나무에 묶여 있는 것만 다르다. 나무 아래서 무유는 기타를 베고 노숙자처럼 쓰러져 잠을 자고 있다. 그 옆에 소년 하나가 혼자 공놀이를 하며 노래를 부른다.

아이의 노래

공이야, 공이야, 굴러라 굴러
한 바퀴 돌다 떨어지면 죽는 거지
공이야, 공이야, 굴러라 굴러
인생은 대낮에 꾸는 꿈이지
허공에서 한 바퀴 돌고 돌아가는 꿈일 뿐이지
공이야, 공이야, 굴러라 굴러

소년은 저글링하듯 공을 높이 던졌다가 받고 다시 던지며 노래를 부른다. 그러다가 소년이 공을 놓친다. 그 공이 굴러가 잠들어 있는 무유를 건드린다.

무유   (벌떡 일어나며) 여기가 어디지? 어디지? 지금 내가 어디 있는 거지? 내가 어디에 있었던 거구?

무유가 소리치듯 말하자 공놀이하던 소년은 얼른 도망가 나무 뒤로 숨는다.

무유   (두리번거리며) 아무도 없잖아! 누군가가 노래를 불렀던 것도 같은데? 지금 몇 시쯤일까? 저기 서산에 해가 지고 있는 걸 보면……, 아마도……?

무유는 계속 혼잣말로 중얼거린다.

무유   아아, 마치 악몽을 꾼 것 같아. 아니, 이게 뭐야!

그는 자신의 오른손에서 헬멧을, 왼손에서 종이 티켓을 발견하고는 소스라치게 놀란다.

무유   (내려다보며) 아니, 이게, 도대체 뭐지? 앗, 이것들은?

무유의 눈이 휘둥그레진다. 그는 무엇이 생각난 듯이 갑자기 미친 사람처럼 머리카락을 쥐어뜯는다. 숨어서 그 광경을 보던 소년이 마침내 뛰어나와 그를 말린다.

아이   아저씨, 왜 그러세요? 어디 아프세요?

무유	(머리카락을 잡아당기면서) 아아, 이 헬멧, 아아, 이 종이 티켓. 어쩌나, 이를 어째! 누가 이걸 믿겠어? 현실이 겹겹이라는 걸? 누가 알겠느냐 말야. 사람들은 날 미친놈이라고 하겠지.
아이	뭘 그리 혼자 궁성거리시는 거예요, 아저씨?
무유	너는 누구냐?
아이	아저씬 누구세요?
무유	으응, 그래, 나도 내가 누군지 잘 모르겠구나. 모든 게 혼란스러워!
아이	어쩌나, 병원은 여기서 먼데…….
무유	얘야, 오늘이 며칠인지 알면 좀 말해줄래?
아이	오늘요?
무유	그래, 오늘.
아이	(고개를 흔들며) 지금이 오늘이라는 것밖에 모르겠는데요…….
무유	그래, 그래. 네 말이 맞는 말이지. 그렇지, 오늘밖에 없다는 말이 정답이지. 시간이란 것도 한강물처럼 경계가 없으니까.
아이	근데, 왜 그리 땀을 많이 흘리시는 거예요? (다가가며) 어휴, 옷도 젖었네요. 냄새도 나고요.
무유	한강에서 수영을 했거든.
아이	에잇, 거짓말.
무유	정말이야. 먼먼 곳을 갔다 왔거든.
아이	거짓말을 하면 아이들은 금방 흉내를 내는 거 아시죠? 그러니까 허풍은 조심하셔야죠. 저기 나무 아래서 아저씨가 낮잠을 자고 있는 걸 제가 봤는걸요?

무유	얘야, 넌 보이는 것만 믿는 아이인 모양이구나. 너에게 보여줄 수는 없지만 난 정말 사랑을 경험했지.
아이	아름다운 꿈을 꾸셨나 봐요.
무유	으응. 삶도 꿈이니 그렇다고 해두자.

무유는 나무를 잡고 노래한다.

무유의 노래

사랑을 잃었지만 나는 기억하네

고독한 이 행성에 나만 남기고

그녀는 떠났네, 짧고 험난한 여정에서

방랑자는 잠깐 머무를 수밖에 없었지만

사랑의 시간은 아름다웠네

무유가 나무를 어루만진다. 물웅덩이에 손을 담가본다. 여기가 그가 떠난 곳임을 확인하고는 울음을 터뜨리려다가 문득 아이의 존재를 느끼고 자제한다. 그는 석양을 바라보며 침묵한다.

무유	지금 저기 서산으로 해가 지고 있구나! 얘야, 너 혹시 이곳에서 어떤 할아버지 못 봤니? 우린 해 질 녘 여기서 만나기로 했거든.
아이	할아버지요?
무유	그래, 키가 작고 몸은 왜소하고 거무튀튀한 돌하르방처럼 생긴 할아버지 말야.
아이	못 봤는데요? 아침부터 내내 여기 있었지만 그런 할아버지는 없

었는데요.

무유   없었다고? 이상하다. 그건 확실한 거니? 네가 여기에 아침부터 있었다는 거?

아이   전 거짓말 같은 건 안 하거든요.

무유   오오, 그렇다면? 할아버지도 없었고, 내가 그저 꿈을 꾼 것이라면, 이건 뭐지? 내 손에 주어진 이것들은? 내 오른손에 있는 이건 뭐고, 내 왼손에 이건 또 뭐야? 모든 게 뒤죽박죽되어 참으로 혼란스럽구나. 근데, 넌 여기서 뭐 하고 있었던 거니? 아침부터 내내 여기에 있었다면서?

아이는 나무에 묶여 있는 자전거를 손가락으로 가리키며 답한다.

아이   제 자전거가 고장이 나서요. 누굴 기다리고 있어요.

무유   누굴 기다린다고?

아이   네에. 자전거를 고쳐줄 사람이요.

무유   그게 누군데?

아이   몰라요.

무유   이상한 말이구나, 근데 너는 몇 살이니?

아이   백 살이요! 히히, 농담이에요. 실은 거기서 곰 하나 빼, 열 살이에요.

무유   니 이름은 뭐니?

아이   무유라고 해요.

무유   뭐라고? 그럴 리가! 앗, 그런데?

그때, 어떤 젊은 여자가 검은 우산을 쓰고 버스 정거장을 지나쳐간다. 무유는 깜짝 놀란다.

무유 어어, 저기요. 어이, 아가씨. 잠깐만요!

무유는 여자 쪽으로 급히 뛰어간다.

무유 저기요, 물어볼 말이 있는데요? 혹시…….
아이 (노인의 목소리로) 이그, 여전히 눈이 멀었군, 멀었어. 사람도 몰라보고, 그렇게 다녀도 소용없구먼! 소용없어. 하지만 인생이란 마법에 걸리는 것이 전부이지, 암, 그렇지, 그것뿐이지.

아이는 뒤돌아선다. 그러고는 공놀이하며 마지막 노래를 부른다.

아이의 노래

공이야, 공이야
굴러라 굴러
한 바퀴 돌면 내려오는 공이야
인생은 꿈이지
다시 돌아오는 공(空)이지
공이야, 공이야
굴러라 굴러

— 막이 내린다 —

주수자의 희곡 세계를 들여다보다

김광림 | 극작가, 전 한국예술종합학교 교수

　옛부터 문학을 비롯한 예술행위는 리얼리티에 기반을 두고 있다. 왜냐면 인간의 사고, 즉 언어는 그 지점에서 비롯되었기 때문이다. 무대 위에서의 공연을 전제로 써지는 희곡의 경우는 다른 예술 장르보다 더욱 리얼리티와 밀접하게 연결되어 있다. 무대라는 시공간에서 살아 있는 배우가 살아 있는 관객과 소통해야 하므로 다른 장르보다 리얼리티를 강조하게 된다.

　그런데 아리스토텔레스의 미메시스 이론을 따르면 희곡은 단순히 리얼리티를 재현하는 데 그치는 것이 아니라 이를 통해 인간의 감정을 일깨우고 인간에 대한 통찰을 제공해야 한다. 즉 리얼리티를 뛰어넘는 어떤 형이상학적 가치를 세시해야 한다는 뜻이다. 따라서 희곡이 '사실성이라는 리얼리티와 어떤 관계를 맺는가' 혹은 '어떤 방식으로 사실성에서 벗어나는가' 하는 작가의 태도와 이를 구현하는 테크닉에서 작품의 특성이 드러나고 그것을 통해서 작가의 세계를 들여다볼 수 있을 것이다.

　이런 관점에서 주수자의 희곡들은 매우 독특하다. 리얼리티를 대하는 관점과 표현이 다양하고 복잡하다. 그는 계속 우리가 경험하고 있거나 보고 느끼고 있는 현실이란 하나만이 아니라 무수한 다른 현실들이 개입하고 있다는 시선을 갖고 있는 듯하다. 물론 일상에서 대부분의 우리는 또렷한 하나의 사실을 선택하지만 실상은 다른 현실들이 이미 개입되어 있고 은밀하게 참여하고 있다는 독특한 세계를 발견할 수 있다.

그래선지 그는 현실과 가상세계 사이에 굳이 애써서 어떤 통로를 만들지 않는다. 가상의 세계로 들어가는 어떤 부연 설명도 없다. 그의 인물들은 그런 절차 없이 곧바로 현실과 비현실의 장면들을 자유롭게 오간다. 그런데 이런 방식이 당위성을 가지고 자연스럽게 전달된다는 것이 그의 희곡들의 특징이자 매력이다.

예를 들면, 「빗소리 몽환도」에서 도서관 청소원 공상호는 셰익스피어의 「로미오와 줄리엣」을 읽다가 스르륵 책 안으로 들어간다. 책 속에서 줄리엣을 만나서 대화를 나누는데 어느새 그들은 현실의 문제에 접하고 있다. 그 뒤에 공상호는 소설책을 읽다가 그의 옥탑방을 찾아오는, 책 밖으로 튀어나온 듯한 비현실적 여자와 남자의 현실적 문제에 자연스레 개입하게 된다. 희곡에서 주인공 스스로 언급하듯 "사람이 섞이고, 시공간이 섞이고, 사건이 섞여버"린 상태가 마치 꿈을 꾸는 상황처럼 느껴지고 반복된다.

「복제인간 1001」에서도 아직은 존재하지 않는, 그러나 언젠가는 생길 수 있는 미래적 사건이 자연스럽게 펼쳐진다. 현실에 존재하지 않는 가상의 감옥을 무대 공간으로 세팅한 「공공공공」, 과거와 현재, 미래의 시간들이 거침없이 교차되는 「방랑밴드 : 사랑의 적에게 총을 쏘다」, 모두 작가만의 독특한 방식으로 시간과 공간을 배치하여 저절로 리얼리티와의 연결고리가 형성된다.

주수자는 이렇듯 자유로운 극 형식 안에 자신의 메시지를 심는다. 그가 희곡들을 통해 독자와 관객에게 넌지시 던지는 화두의 내용은 이런 것 같다. 즉 현실을 어떻게 규명하는가? 우리가 보고 느끼는 것만이 현실의 전부일까, 하는 철학적 난제의 문을 열어 보이고 있다.

따라서 그가 보여주고 있는 뒤죽박죽으로 혼재된 리얼리티에서 사람들은 당혹스러워하면서도 동시에 다른 시선으로 세상을 바라보고 점검해보고 생각해보게 된다. 그렇다, 우리가 보는 현실은 생각보다 그리 단순하지 않다. 하나의 현실은 실은 다른 많은 것들과 밀접하게 연결되었으며 나아가서는 한 꺼풀이 아닌 무수한 겹겹의 세계 위에 놓여 있다

한편 그의 희곡은 희망을 전달하기도 하는데 작품마다 소멸될 뻔했던 새 생명의 탄생을 예고한다. 「복제인간 1001」과 「빗소리 몽환도」의 결말은 새로운 형태의 인간과 새로운 삶의 변환을 예고한다. 「공공공공」은 작가가 뚜렷하게 밝히지 않고 비의라고 숨겨놓고는 있지만 초월적 자유를 획득할 수 있는 어떤 비의적 세계를 암시한다. 또한 책이 사라진 사랑의 불모지 「방랑밴드」에서도 결국은 생명이 지속적으로 살아남을 수 있는 순환체계가 생성된다.

작가는 구원이 문학, 예술, 사랑 같은 인문학적 가치, 즉 휴머니즘에 있다고 믿는 듯싶다. 그런데 그는 무거운 수제를 얘기하면서도 밝고 쾌활한 매너로 작품을 끌고 간다. 우울하거나 칙칙하지 않다. MZ 세대스러운 감수성이 엿보인다. 그는 릴스(Reels)가 주는 젊고 기발하고 신선한 충격 같은 장면들을 연출한다. 그의 상상의 세계는 그만큼 상큼하다. 이것이 주수자 희곡의 매력이며 그의 작품 세계를 구축해주는 힘이다.

공공공공

주 수 자
희 곡 집